集英社オレンジ文庫

威風堂々悪女 3

白洲　梓

JN019562

本書は書き下ろしです。

威風堂々悪女3

もくじ

威風堂々悪女 3

序章

穆潼雲《ぼくどううん》は、目の前に置かれた王青嘉《おうせいか》の首をじっと見つめた。

潼雲と同年の青嘉の顔には年相応の深い皺《しわ》が刻まれ、乱れた白髪が垂れている。瞼《まぶた》を固く閉じ唇を引き結んだその表情に、すでに魂はない。それなのに、どこかすべてを受け入れたような顔をしている、と思った。

「──確かに、王将軍の首である」

潼雲はその左頬に走る傷を眺めて言った。瑞燕国《ずいえんこく》を長年にわたり支え、五国統一を成し遂《と》げた大将軍・王青嘉の代名詞とも言えるその傷は、潼雲の中にある傷を常に疼《うず》かせてきた。それも今日で終わりだ。

潼雲の執務室は皇宮《こうぐう》の一画、北門《ほくもん》の仙騎軍営《せんきぐんえい》にあった。皇宮を守護する仙騎軍、そのすべてを統率するのが潼雲である。すでに夜の帳《とばり》が下りた薄暗い部屋の中、揺れる蠟燭《ろうそく》の炎に照らされた生首と対峙《たいじ》しながら、彼は感慨《かんがい》にふけった。

青嘉は潼雲にとって、若い頃から最も目障《めざわ》りな相手だった。消えてなくなれと何度願ったか知れない。武門の名家に生まれ、若くしてあっさりと武功を立て、順調に昇進し名声を得た。いずれの戦《いくさ》でも彼の戦功は目覚ましく、いくつもの伝説を作った。

しがない庶民《しょみん》の出である潼雲とは雲泥《うんでい》の差だ。

「最期《さいご》はどのようであったか」

首を運んできた部下に尋《たず》ねる。この男に、尹《いん》族追放の任に出向いた青嘉の背後を狙《ねら》えと指示したのは潼雲自身である。歴戦の猛将を、不意打ちとはいえ討ち取るにはそれなりの腕が必要だ。仙騎軍の中でも選《え》りすぐりの兵士を送り込んだ。

「背後からの一突きで、思いのほか呆気《あっけ》ないものでした」

途端に胸の内がざわざわと蠢《うごめ》いたが、潼雲は見て見ぬふりをした。

「……王将軍は抵抗したか」

「いえ、完全に不意をつきましたので。――逃げた尹族の女を妙に血眼《ちまなこ》になって探しており、随分《ずいぶん》と平静を失っているようでした。あの歳で色に迷うとは、大将軍といっても耄碌《もうろく》した老人ですな」

嘲《あざけ》るように部下は言った。潼雲は立ち上がる。

「――よくやった。陛下《へいか》もお喜びになるだろう」

言うやいなや、潼雲は腰の剣を抜き男の肩から腰にかけて一気に振り下ろした。男は呆《ぼう》然《ぜん》とした表情で、僅《わず》かに呻《うめ》いて崩れ落ち絶命する。

「誰か、片付けておけ」

部屋の外へ声をかけると、幾人かの兵士が遺体を運び出しにかかった。

この部屋で誰かが死ぬことは珍しくもない。

この部屋だけではない。この皇宮で起きる人の死――それに潼雲が関《かか》わっていないことのほうが稀《まれ》だ。

潼雲は青嘉の首をじっと見下ろす。

皇宮の影の支配者――潼雲を知る者は彼をこう呼んでいる。

あらゆる陰謀の裏には潼雲がいる。重臣たちも後宮《こうきゅう》の女たちも皆、潼雲を味方につけようと躍起《やっき》だ。潼雲は決して自《みずか》らの意志で策謀を巡らせるわけではない。彼はあくまで請負《うけおい》人《にん》であった。誰かの野望に手を貸しては誰かを追い落とし、誰かにとって目障りな者がいれば自然な死を装《よそお》って命を奪う。それと引き換えに金と力、そして何より人の弱みを握ってきた。この皇宮で彼に逆らうことは、死を意味する。

潼雲はそうして地位を築いた。兵を率いて戦場へ出たことはない。同じ将軍位に就《つ》いているとはいえ、この都で皇帝の身辺を守る潼雲と、大陸を駆け戦に明け暮れた青嘉では、その意味がまったく異なる。

青嘉は潼雲のことなど、気にも留《と》めなかった。時折青嘉が都に戻った際、宮殿ですれ違えば挨拶《あいさつ》をする。互いにその程度の間柄だった。一瞬とはいえ、自分を見る青嘉の目には侮蔑《ぶべつ》の色が浮かんでいる、といつも思った。

（しかし、生き残ったのは私だ）

同年代の武人の中で、この二人ほど出世した者はいない。そして権力を求めずおもねらない青嘉は、皇帝の信を失った。

（『無心を己《おのれ》の血とせよ』――家訓が仇《あだ》となったな。貴人の矜持《きょうじ》とはわからぬものよ）

潼雲にしてみれば、青嘉の生き方は不器用で愚かだ。

首を布で包み盆に載《の》せるように指示すると、潼雲は皇帝のもとへと向かった。

華陵殿《かりょうでん》を訪ねると、年若い皇帝が妃《きさき》を二人侍《はべ》らせながら酒をあおっているのが目に入った。落ち着かず苛々《いらいら》とした様子の皇帝に、妃たちも困惑《こんわく》している。

彼は入ってきた潼雲を見ると、期待するような面持《おもも》ちになった。

「穆将軍！　――おい、お前たちはもう下がれ」

煩《わずら》わしそうに妃たちを追い出すと、潼雲を呼び寄せる。

「待っていたぞ、将軍」

「拝謁いたします、陛下」

　潼雲は盆を持たせた部下に目で合図する。部下は恭《うやうや》しく盆を掲《かか》げ持ち、皇帝に向かって進み出た。

「王青嘉の首でございます。ご検分を」

　包みの布を解くと、皇帝は顔をしかめてすぐに目を背《そむ》け、自らの長い袖《そで》で視界を覆《おお》った。しっしっと手を振り、「もうよい！」と声を上げる。

「そのような気味の悪いもの、目にしたくはない！　報告だけで十分である！」

「——失礼いたしました」

「王家の始末はどうなっている」

「一族郎党、すべて捕らえてございます」

「殺せ。屋敷には火をつけよ。——その首と一緒に、そやつらの首も城門に晒《さら》すのだ。王一族は滅亡したのだと、国中に見せつけてやらねば」

　潼雲は少し間を置いて、口を開いた。

「…………陛下、それはいかがなものかと」

「逆賊の首を晒すは当然であろう」

　逆賊、と潼雲は心の中で失笑した。

青嘉の力を恐れ疎《うと》んじた皇帝の意に沿って、潼雲がすべて手はずを整えた。青嘉の逆心を立証するために必要な証拠も証人も、あらゆる手を使って用意した。この暗殺に正当性を与えるためだ。

「王将軍はこの瑞燕国において比類ない名声をお持ちです。逆賊とは申せ、その首を晒せば民《たみ》だけでなく重臣や各地の名士たちからも批判が出るかと――」

「馬鹿な。天子たる余を軽んじた謀反人《むほんにん》であるぞ。皆、余よりもやつこそが天下の覇者であると噂《うわさ》した。その罪の重さを知らしめねばならぬ。――なにより穆将軍の余への忠節と献身《けんしん》も、それでこそ称賛されるというもの。まこと、将軍がいなければ余はどうなっていたかわからぬ。感謝するぞ」

「恐れ入ります、陛下。しかし――」

「ああ、いつ余の寝所《しんじょ》に押し入り首を掻き切られるかと、不安で仕方がなかった！　重臣たちはやつの一言を無視できず、余の言うことなど意にも介さぬ。この国が滅びるのも時間の問題であったのだ。穆将軍、そなたは英雄ぞ」

「……ありがたきお言葉」

「さぁ、祝いの酒だ。受けるがよい」

杯《はい》を差し出され、潼雲は両手で受け取った。

一気に飲み干した酒は、ひどく苦く感じられた。

日が昇った頃、都の人々は城門に晒された首を見て驚愕《きょうがく》した。さらにその前には処刑台が用意され、男だけではなく女や子供も縄を打たれた状態で刑の執行を待っている。

「あれは……あの首は王将軍じゃないか？」

「ほら、あの頬傷」

「そんな」

「どうして将軍が」

ざわめく人々が見つめる中で、処刑台の前に引きずり出されたのは青嘉の甥《おい》、王志宝《しほう》だった。拷問《ごうもん》を受けたのか血だらけで生気はなく、一人で歩くこともままならず刑吏《けいり》に両脇を抱《かか》えられている。跪《ひざまず》かされた彼の首に斧《おの》が振り下ろされると、周囲から悲鳴が上がった。

その妻と子もまた同様に、首を斬《き》られていく。

そうして順々に一族すべてが処刑され、さらには屋敷に仕《つか》えていた使用人までもが殺されていく。その数は百近く、処刑人も疲れを見せるほどであった。

やがて数え切れない首が青嘉と並んでずらりと城門に晒されると、見上げる民衆の嘆《なげ》き悲しむ声が都中に響いた。

潼雲は並んでいる兵士に向かって叫んだ。

「これは謀反人の首である！　この刑に異論を唱える者、泣く者は同罪とみなす！　見つけ次第捕らえろ！」

その言葉に人々は驚き、恐れを顔に浮かべた。そして口を噤《つぐ》み、並んだ首を見上げるのをやめて、ぱらぱらとその場を立ち去っていく。

その様子を潼雲はじっと眺めていた。彼らが心の中で、自分と、そして皇帝への怨嗟《えんさ》の言葉を吐いていることは間違いなかった。

皇帝のもとには、この所業を諫《いさ》めようとする上奏文《じょうそうぶん》が各地から舞い込み、山のように積まれた。これを読んだ皇帝はいくつかを手に取って、激昂《げっこう》しながら思い切り床へ叩きつける。

「謀反人を擁護《ようご》するとは、この者たちも同罪である！」

だん、と苛立たしげに足踏みをする。

「さようでございます、陛下。陛下のご裁断に異を唱えるとは、あるまじきこと」

「まことに。厳しく取り締まるべきでございます」

幾人かの重臣が追従すると、皇帝は潼雲に向かって叫んだ。

「穆将軍、ただちに兵を差し向けよ！」

潼雲はそれに従った。

「ああ、誰も信用できぬ！　誰もかれも、謀反を企《くわだ》てているに違いない！　私を追放して、あの生まれの卑《いや》しい弟を担《かつ》ぎ出そうとしているのだ！」

怯《おび》えた表情で喚《わめ》きたてる皇帝を、潼雲は冷ややかに見つめていた。

晒された首は日に日に腐敗が進んだが、十日経《た》っても二十日《はつか》経っても、城壁から降ろされることはなかった。いくつかは打たれた杭から崩れ落ちて地上に落下したので、うっかりその真下にいた通行人や兵士は皆悲鳴を上げて飛びのいた。

潼雲は毎日、城門を見上げていた。

ひと月後、ようやくすべての首が降ろされた。皇帝は埋葬《まいそう》を許さず、ひとつ残さず野ざらしにせよとの触れが出ていた。

無造作に荷車に載せられた首の山からは死臭《ししゅう》が漂い、兵士たちは耐えがたい思いで顔をしかめている。門を出ていくその荷車を見送りながら、潼雲は部下にしばらくの間都を留守にする、と告げた。

「どちらへ？」

尋ねられたが、潼雲は何も答えず騎乗し、都を後にした。

瑞輪山《ずいりんざん》の麓《ふもと》で馬を止めると、荷物を片手に山道を登っていく。

できるだけ奥へ奥へと入り込み、人の寄りつかなさそうな場所を探す。窪地《くぼち》に苔生《こけむ》した大岩を見つけると、潼雲は荷物を置いた。

一人、ざくざくと穴を掘った。穴は、そう大きくなくていい。

掘り終えると、持ってきた荷物を手に取った。はらりと包みを開く。

そこには、腐敗し骨が剝《む》き出しになった人の首のなれの果てがひとつ、収まっていた。

もはや頰の傷痕《きずあと》も、見分けることができなかった。

潼雲はその首をじっと見つめ、そしてまた布で包むと、両手でゆっくりと穴に収めた。

土をかけていく。やがてそれは完全に地中に埋まった。

盛り土をし、持ってきた酒を取り出して、とんとその前に置いた。

二つの杯に、静かに酒を注ぐ。

高々と杯を掲げ、一息に飲み干した。

「お前が嫌いだった」

潼雲は呟《つぶや》いた。

凱旋《がいせん》する雄々《おお》しい姿、歓喜する民衆、皇帝から贈られる賛辞、栄光——それは潼雲が欲しかったものだ。

途端に、つうと涙が頰を伝った。

惨《みじ》めに晒された首を見上げながら、胸に湧き上がってきたのは意外にも怒りだった。

青嘉が嫌いだった。
歴代皇帝に陰で讒言《ざんげん》を続け、青嘉への信頼を失わせたのは他でもない潼雲だった。
しかし、あんな辱《はずかし》めを望んだわけではない。
青嘉を見ると、敗北感が募《つの》った。
後ろ暗いところなく常に光を一身に浴びる青嘉の姿は、自分を惨めにさせたからだ。
認めたくなかった。
誰より、彼に憧《あこが》れていたのは自分だ。
潼雲は記憶を辿《たど》った。
思い浮かんだ姿は、艶《あで》やかな衣《ころも》を纏《まと》った一人の女性。
彼女のために、すべて捧《ささ》げた。
愛していたからだ。
（芙蓉《ふよう》様——あの方のために）

一章

「芙蓉《ふよう》お嬢様を見かけなかった？」

　潼雲《どううん》が尋《たず》ねると、女中たちは面倒くさそうに首を横に振った。屋敷中どこを探してもその姿はない。ため息をついて再び探しに向かうと、背後から囁《ささや》き合う声が聞こえた。

「お嬢様ですって」

「卑《いや》しい女の娘のくせに」

　潼雲は何も言わず、そのまま駆けた。

　日が傾き、秋も終わりの空気は冷え冷えとしていた。芙蓉の外套《がいとう》は部屋に置いてあったし、こんな時間までどこに行ったのかと不安でならなかった。

　広大な独《どく》家の屋敷のうち、潼雲と芙蓉が出入りしてよい場所は限られている。西側にある使用人たちの部屋にほど近い離れに暮らす芙蓉は、どこへ行くにも乳母《うば》の息子である潼雲と一緒だった。それなのに、昼頃からその姿はまったく見えない。

門から外へ出た潼雲は、芙蓉が行きそうな場所を考えた。その時、道の向こうからとぼとぼと歩いてくる小さな人影に気づいた。

「芙蓉様！」

芙蓉に駆け寄る。八歳になる芙蓉は、一つ年上の潼雲と背丈《せたけ》が変わらなかった。芙蓉は全身ずぶ濡れで、かたかたと震え、両手で自分を抱くように身を縮めている。

「どうなさったんですか！」

「潼雲……」

顔に張りついた髪を掻き分けてやると、その頬の冷たさにぎくりとした。

「どこに行っていたんですか？　この姿は？」

「……姉上たちが、川に魚を見に行こうって……そしたら……突き落とされて」

芙蓉はしゃくりあげた。唇が真っ青だ。

涙を流す芙蓉の手を引いて、門を潜《くぐ》る。芙蓉の異母姉《あね》たちは随分《ずいぶん》前から屋敷にいるのを見かけていた。芙蓉を川へ落として、知らぬふりでさっさと戻ってきていたのだろう。

離れの部屋へ入ると、芙蓉の母である詞陀《しだ》が娘の姿を見て立ち上がった。

「芙蓉！」

駆け寄って娘を抱き寄せる。

「……なんて恰好《かっこう》なの、こんなに冷えて！　萬夏《ばんか》、早く火鉢《ひばち》を！」

潼雲の母が慌《あわ》てて火を熾《おこ》す。

「またお嬢様たちにいじめられたの？」

詞陀が覗《のぞ》き込むように尋ねると、芙蓉は震えながら小さく頷《うなず》いた。

詞陀はもともと、この家に雇われた歌妓《かぎ》の一人だった。主《あるじ》である独護堅《どくごけん》に見初《みそ》められて第二夫人となったものの、使用人たちにすら見下され、その娘である芙蓉もまた、正妻の子たちとはまったく違う扱いを受けていた。

「潼雲、どうしてお傍《そば》についていなかったの！」

母に責められ、潼雲は何も言えなかった。

「奥様、申し訳ございません」

「いいえ、全部──私のせいなのよ。私の身分が低いばかりに……」

「奥様、旦那《だんな》様にお伝えすべきです」

「旦那様は何もしてはくださらないわ！　奥方の顔色ばかり窺《うかが》って……」

袖《そで》で目頭《めがしら》を覆《おお》うと、詞陀はさめざめと涙を流した。

「私が、男の子を産めなかったから……ああ、芙蓉が男だったらどんなによかったか！　きっと今頃は、若君ではなく私の子が跡継ぎになっていたのに！」

芙蓉の表情が硬くなったことに、潼雲だけが気づいた。

翌日、芙蓉は酷《ひど》い高熱を出した。

医者を呼ぶように言われた潼雲は母屋《おもや》へ向かい、主の正妻である仁嬋《じんぜん》に取り次いでほしい、と女中に声をかけた。家内のことは仁嬋が取り仕切っており、医者を呼ぶにも許可が要《い》る。

潼雲は随分と長く外で待たされた。その間にも芙蓉の容態《ようだい》が悪化していると思うと気が気ではなかった。

笑い声が聞こえる。

顔を上げると、仁嬋の娘たちがこちらを見てくすくすと何事か囁き合っている。十一歳と十歳の二人の姉の顔は愛らしい芙蓉とは似ても似つかず、一人は鼻が豚のようで母親にそっくり、もう一人は顎《あご》が突き出ていて父親そっくりだった。

潼雲は思わず、じろりと睨《にら》みつけてやった。彼女たちが芙蓉を川へ突き落とし、熱を出させた犯人だ。

女中がようやく戻ってきた。

「奥様は今お忙しい。後になさい」

「芙蓉お嬢様が病気なんです！　早く医者を呼ばないと！」

「若君が倒れて、奥様はそれどころではない。下がりなさい」

「若君が？」

仁蟬の息子は十五歳、独家唯一《ゆいいつ》の男子であり跡継ぎであった。しかし生来体が弱く、寝込んでいることが多かった。

「じゃあお医者様が来ているんでしょう？　芙蓉お嬢様も看《み》てほしいと伝えてくださ い！」

「お医者様は若君だけで手いっぱいよ。卑しい歌妓の娘など看ている暇《ひま》はないわ」

馬鹿にしたように女中が言った。

「──なんなの、騒がしい」

奥から仁蟬が姿を現したので、女中は慌てて頭を下げた。

「奥様」

「魯信《ろしん》は絶対安静なのよ。静かにおし」

「申し訳ございません、この者が騒ぎ立てるものですから」

潼雲は仁蟬の足元に跪《ひざまず》いた。

「奥様、芙蓉お嬢様が熱にうなされているのです。お医者様に看ていただきたくて」

冷たい目で潼雲を見下ろす仁蟬は、静かに眉を寄せた。

「……一家の跡継ぎが床《とこ》に臥《ふ》せっているというのに、歌妓の娘が熱を出したくらいで医者を譲れとは。相変わらずあの女ときたら、傲慢《ごうまん》で身の程知らずだこと。さっさと下がりなさい」

「奥様、では他の医者を呼ぶことをお許しください」

「これ以上医者を呼んでは、この家で疫病《えきびょう》でも流行《はや》っているのかと悪評を立てられてしまうではないか」

「奥様、どうか」

「魯信が臥せった時にこれみよがしに熱を出すなんて、どうせあの女の狂言だろう。旦那様の気を引こうとしても、無駄なことよ」

「本当に熱が高いのです！　このままではお嬢様が死んでしまいます！」

潼雲は地面に額《ひたい》を擦《こす》りつけるように頭を下げたが、衣擦《きぬず》れの音が遠ざかっていくのだけが聞こえた。

「死ぬんだって」

「早く死ねばいいのに」

姉妹たちがくすくすと柱の陰で笑った。ぎゅっと地面の土を握りしめ、潼雲は歯を食いしばった。

潼雲が戻ると、話を聞いた詞陀はまた涙を流した。

「この子が男だったら――そうすれば旦那様だって、見捨てたりはなさらないのに」

床の中で苦しげに喘《あえ》いでいる芙蓉の汗を拭《ふ》きながら、萬夏もまたいたわしそうに目尻を拭《ぬぐ》う。

(僕が偉くてお金持ちだったらよかったのに)

潼雲は熱を持った芙蓉の手を取り、一晩中傍についていた。

(そうしたら、すぐに最高の医者を呼んであげる。誰にも文句なんて言わせない)

ようやく熱が引いたのは三日後だった。意識を取り戻した芙蓉の頬はこけ、肌は土気色《つちけ》だ。その痛々しさに、潼雲は歯噛みをする思いだった。母屋では若君が手厚い看護を受けているというのに。

「お水です、お嬢様」

わずかに水を飲み下すと、芙蓉は潼雲を見上げた。

「……お父様は、来てくれた?」

護堅は息子の部屋へ何度も見舞いに出向いていたが、この離れには顔を見せていなかった。潼雲は何も言えず、口を噤《つぐ》んだ。

芙蓉は察したのか、ふいと目を逸《そ》らした。

「何か召し上がりますか？」

首を横に振る。

潼雲は、芙蓉の傍《かたわ》らで拳《こぶし》を握りしめた。

早く大人になりたい、と思う。大人になり、立派な人物になって、芙蓉を守れるようになれたら。

（こんな屋敷からは連れ出して――あなたを誰より大切にするのに）

やがて詞陀は、待望の男の子を産んだ。

魯格《ろかく》と名付けられたその子を護堅は大層可愛がり、屋敷における詞陀の立場は一変した。体の弱い長男の存在感は薄まり、誰もが詞陀と魯格をちやほやとし始めたのだ。

潼雲の母、萬夏が没したのはその年のことだった。突然の病《やまい》で、呆気《あっけ》なく逝《い》ってしまった母の遺体を前にして、潼雲は妹の手を握りながら呆然《ぼうぜん》としていた。

「葬儀は盛大に行うわ」

芙蓉が涙を流しながら言った。

「萬夏は私と母様にとって、ずっと唯一の味方だった……」

「芙蓉様……」

「魯格が生まれたお蔭《かげ》で私の立場も変わった。……もう、お前たちに苦労させたりしない。

萬夏に返せなかった恩は、二人に返していくわ」

芙蓉は潼雲の手を取った。

「今までは名ばかりの主だった。でも、これからは本当の意味で、お前の主になってみせる」

「俺も必ず、母さんの代わりに芙蓉様をお支えしていきます」

涙を拭いながら、芙蓉は微笑んだ。

「……ありがとう、潼雲」


十七歳になった潼雲は、志願して軍隊に入った。

独家の使用人であるだけでは、芙蓉を守ることはできない。平民が唯一立身出世できる道があるとすれば、それは軍隊に入るしかない。功を立てれば身分に関《かか》わらず取り立てられるのだ。

潼雲が配属された部隊の校尉《こうい》は、平民出身の叩き上げらしかった。自分もいつか戦功を立てればこうして一団を率いて戦場で活躍できるのだ、と潼雲は希望を持った。

やがて戦《いくさ》が始まると、潼雲の部隊も出陣した。

国境に攻め込んできた朔辰《さくしん》軍に対して、瑞燕国《ずいえんこく》軍は優勢だった。潼雲の部隊は後方で待機を命じられ、実際に戦闘にはなかなか加わることができず、潼雲はうずうずとしていた。

（戦場に出さえすれば、多くの首を獲《と》って名を挙げてやる）

ところが戦が始まって数日後、その風向きが突然変わった。全軍を率いていた王《おう》将軍が敵将に討ち取られたのだ。

「将軍が討たれたなら……これはもう負け戦だ」

潼雲の上官は、その知らせを聞くなり撤退《てったい》命令を出した。潼雲は反論した。

「我らの軍勢は数の上で有利、無傷の部隊も多くあります！　将軍を討ったという敵将を狙《ねら》いましょう！　勝機はあります！　このままでは戦いもせず、ただ逃げるだけではありませんか！」

一兵卒《いっぺいそつ》でしかない潼雲の主張は、一顧《いっこ》だにもされなかった。慌ただしく撤退する兵士たちの中を、潼雲はただただ悔しい思いで駆けるしかなかった。

突然矢が射かけられたのは、狭い谷間《たにあい》の道を通っている時だった。

別働隊と思われる敵兵が待ち伏せしており、潼雲たちは身動きもとれず、あっけなく捕まった。そのまま潼雲は捕虜《ほりょ》となり、国境近くで防塁《ぼうるい》を築く夫役《ふえき》につかされた。

ようやく解放されたのは半年後、捕虜交換が行われた時だった。聞けば、結局あの戦は瑞燕国が形勢を逆転し、勝利を収めたのだという。

都に戻った潼雲は、惨《みじ》めさと恥ずかしさで家に帰ることができなかった。街を一人とぼとぼと歩きながら、肩を落としてため息をつく。

（一体どんな顔をして芙蓉様に会えばいい……立身出世してやると勇んでいった結果がこれでは……）

その時だった。

歓声とともに、華やかな一行がこちらへやってくるのが見えた。人々は沿道で彼らに手を振っている。

皇宮《こうぐう》での論功行賞《ろんこうこうしょう》を終えた一団と出くわしたのだ。自分とは天と地ほど差があるその姿に、潼雲は思わず目を背《そむ》けた。

周囲の人々の話し声が耳に入ってくる。

「あれが王将軍のご子息？」

「戦死した父と兄の仇《かたき》を見事討ったそうだ」

「皆が負け戦と思って兵を引こうとしたのに、あの方だけは僅《わず》かな手勢で敵に向かっていって、誰よりも戦功を挙げたらしい」

「さすが武門の名家、王家の若君だ」

「王青嘉《せいか》殿というらしいぞ」

　潼雲は気になって顔を上げた。一行の中、騎馬で進む誰よりも若い男が見える。自分とそう変わらない年齢だ。

（あれが……王家の若君）

　同じ戦場にいたはずだった。

　潼雲は敵と刃《やいば》を交えることすらなかった。ただ、逃げただけだった。そんな時、この男は自《みずか》ら兵を率いて敵将の首を獲《と》ったのだ。

（俺だって……）

　潼雲は拳を握りしめた。

（俺だって、名家に生まれて、幼い頃から武術や戦術に励んでいれば……）

　捕虜となった仲間たちの多くは死んでいった。ろくに食べる物も与えられず、朝から晩まで働かされたのだ。

（そもそも、あんな無能な指揮官の下ではなく、自ら兵を率いることができる立場だったら）

　目の前を行く男は、その生まれ持った立場だけで人を動かすことができるだろう。地べたに額を擦りつける屈辱《くつじょく》を味わうこともなく生きてきたのだろう。

（俺だって、同じ立場だったら――）

歓声に背を向けた。

重い足取りで独家の屋敷に辿《たど》り着く。門を潜るのを長いこと躊躇《ちゅうちょ》した。

芙蓉に会いたくなかった。何もできず、おめおめと帰ってきた自分を見られたくなかった。

「潼雲？」

声をかけられ、潼雲ははっと顔を上げた。

芙蓉が駆け寄ってくるのが見えた。

「――潼雲！　無事だったのね！」

ぱっと抱きつかれ、潼雲は戸惑《とまど》った。

「よかった……！　ずっと心配していたのよ！」

「芙蓉様……」

「本当に、よかった……」

肩を震わせ涙を流す芙蓉を見て、潼雲は先ほどまでの底なしの屈辱感と敗北感が、拭い去られていくように感じた。柔らかな髪が指に絡《から》みつく。

ただただ、心が満たされていく。

（ああ、芙蓉様）

そっと彼女を抱き返す。

（あなたさえいれば――どんなことだってできる）

芙蓉が皇太子の側室として召し出されたのは、それからすぐのことだった。


昔のことを思い出しながら、潼雲は皇宮《こうぐう》の北門《ほくもん》に立っていた。

二十歳《はたち》になった潼雲は今日、仙騎軍《せんきぐん》へと配属される。潼雲がこうして名誉ある職を得ることができたのも、すべて皇帝の妃《きさき》となった芙蓉の引き立てのお蔭だ。

正妻の顔色を窺い異母姉たちに虐《いじ》められていた幼い少女は、今やこの国で皇后《こうごう》に次ぐ地位、賢妃《けんひ》の座を得ていた。

それが晴れがましく誇らしい。

同時に、胸が痛くもあった。相手が皇帝とはいえ、芙蓉が他の男の妻となった事実は、いまだに心の奥に燻《くすぶ》っている。

（使用人の俺が、懸想《けそう》したところでどうなるものではないと、わかっていたが……）

「――うわっ」

突然背後から何かがぶつかってきて、潼雲は声を上げた。思わずよろめく。

「すまない、大丈夫か」

ぶつかってきたのは同年代の男だった。

申し訳なさそうに謝るその顔を見て、潼雲はぎくりとした。

（王……青嘉？）

「悪いな、少しよそ見をしていたのだ」

背丈も身幅も、潼雲とそう変わらない。

潼雲が彼を見たのは、あの論功行賞のあった日、たった一度だけだった。それでも潼雲にとってそれは、忘れられない姿だ。

久しぶりに目にした青嘉の顔を見つめながら、潼雲はあの時の悔しさを思い出していた。

そしてその顔に、以前はなかった大きな傷ができていることに気づいた。戦でついたのだろうか。この男に誰かが一太刀《ひとたち》浴びせたのなら、それは小気味よいことであった。

「……いや、大丈夫だ」

潼雲はそっけなく言った。

青嘉は、それでは、と去っていく。

（やつも仙騎軍に入っていたのか……）

撞雲はその後ろ姿を睨みつけ、さっさと軍営に向かった。挨拶《あいさつ》した上官は撞雲が芙蓉の紹介であることを知っているのだろう、やけに慇懃《いんぎん》な態度を示した。

(昔は誰も芙蓉様に見向きもしなかったのに)

思わず笑みがこぼれる。

彼女は勝者となったのだ。あの仁蟬も今では独家の中ですっかり存在が霞《かす》み、詞陀が女主人として君臨している。芙蓉の弟を産んだ詞陀の立場は強まり、さらに賢妃の母、公主《こうしゅ》の祖母となった彼女を軽んじる者はいない。長男の魯信は相変わらず体が弱く、独家の跡継ぎは芙蓉の弟になるだろうと誰もが噂《うわさ》していた。

(……ん?)

軍営を出た撞雲は、目の前を通り過ぎた男の姿に首を傾《かし》げた。青嘉だ。

それは先ほど彼と出会った場所だった。彼はきょろきょろと周囲を見回しながら、覚束《おぼつか》ない様子で歩いている。角を曲がって姿が消えるが、またすぐに戻ってきて反対方向へ向かった。

(何をしているんだ?)

不思議なことにまたすぐにこちらへ戻ってくる。撞雲は訝《いぶか》しく思い、つい物陰に隠れて様子を窺った。

それからしばらくの間、青嘉は幾度も幾度も同じ場所を行ったり来たりしていた。上を見たり足元を見つめたりして、時折人にぶつかっては謝っている。その様子に、だからさっき自分にもぶつかってきたのだな、と潼雲は思った。

(何か探しているのか?)

「…………おい」

段々とじれったくなってきた潼雲が声をかけると、青嘉は驚いた顔でこちらを見た。

「何をしている?」

「ああ、さっきの……」

青嘉は潼雲の顔を見て言った。

「馬《ま》将軍に呼ばれたので執務室へ行くところなんだ」

「は?」

潼雲は眉を寄せた。

じゃあ、と言って青嘉は歩き始めたが、完全に門の外へ向かっていくので潼雲は慌てて呼び止めた。

「おい！　どこへ行く気だ！」

「む?」

振り返った青嘉は怪訝《けげん》そうな顔をした。

「軍営だが……」

「な……おい、そっちは門だぞ！　外へ出る気か？」

「え？」

「軍営はこっちだろ！　そこに見えているじゃないか！」

自分が先ほど出てきた建物を指さして、潼雲は叫んだ。

青嘉はまじまじと彼が指さす建物を眺めて、ああ、と合点《がてん》がいったように頷いた。

「そうか。かたじけない」

そう言って頭を下げると、青嘉はようやく軍営に向かって歩き始めた。しかし途中で何故《なぜ》か角で右に曲がってしまい、潼雲はぎょっとして後を追った。襟首《えりくび》を摑《つか》んで引き留める。

「お前何やってるんだ⁉」

青嘉はきょとんとした顔をした。

「お前がこっちだと」

「いやいやいやいや！　絶対違うだろ！」

むんずと青嘉の腕を摑むと、潼雲は軍営の入り口に向かって引っ張った。

「ここだ！」

「──おお」

　青嘉はさもこんなに近くて驚いた、というように目を見開いた。その様子に潼雲は呆《あき》れ返り、頭を抱《かか》えた。

（なんだこいつ？）

「かさねがさねかたじけない。──ええと？」

　誰であったか、というようにじっと見つめられ、潼雲は名乗った。少し、胸を張った。

「穆《ぼく》潼雲だ。今日から仙騎軍に入営する」

「……………穆、潼雲？」

　青嘉ははっとした様子で潼雲を見返した。

（なんだ？）

　自分のことなど青嘉は知るはずもなかった。独家の使用人の息子、ただの一兵卒でしかないのだから。

　しかし青嘉はじっと潼雲を見つめると、

「……若い」

と呟《つぶや》いた。

「は？　なんだと？」

「いや、なんでもない。……俺は、王青嘉だ。では――」

青嘉は何かもの言いたげな様子だったが、そのまま軍営の門に吸い込まれていった。

(何なんだ、あいつ……)


芙蓉が皇帝の命《めい》により軟禁状態とされたのは、それから数カ月後のことだった。

その間に、潼雲も後宮の情勢には明るくなっていた。

賢妃となった芙蓉だったが、いつの間にか皇帝の寵愛《ちょうあい》は柳貴妃《りゅうきひ》に傾いていた。そうこうするうち起きたのが安《あん》皇后毒殺事件だ。皇后とともに毒を飲んで九死に一生を得た柳貴妃が、芙蓉が犯人であると訴えたのだった。

「……濡れ衣《ぎぬ》だ！」

その一報を聞いた潼雲は真っ青になって叫んだ。

寵愛を争う芙蓉を追い落とそうと、柳貴妃が仕組んだことに違いなかった。

(卑怯《ひきょう》な真似を……許さんぞ、柳貴妃！)

芙蓉はその居殿《きょでん》である永楽殿《えいらくでん》から出ることも、また誰かに会うことも許されなかった。

永楽殿の周囲には兵士が配置され、人の出入りを監視している。

そんな中、潼雲に一通の手紙が届いた。差出人を見た時、潼雲は瞠目《どうもく》した。

芙蓉からだ。

『夜勤の兵士を買収してある。今夜、永楽殿へ来るように』

光が差し込んだ気がした。やはり芙蓉は、おとなしく囚《とら》われているつもりはないのだ。であれば、その手助けをしなくてはならない。

久しぶりに会った芙蓉はひどく痩《や》せていた。

「芙蓉様……！」

「潼雲……」

潼雲の姿を見ると、芙蓉はくしゃりと顔を歪《ゆが》めた。そしてぱっと駆け寄ると、潼雲に思い切り抱きついた。

「潼雲……助けて！　誰も私の言うことなど信じてくれないの！」

しゃくりあげる芙蓉に、潼雲は動揺した。幼い頃、仁蟬や姉たちにいじめられて泣いていた芙蓉をよく慰《なぐさ》めていたのを思い出す。もうずっと、そんな姿を見ることはなくなっていた。

恐る恐るその細い体を引き剝《は》がして、落ち着くように言った。

「私は芙蓉様を信じております。さぁ、おかけください」

「陛下《へいか》は――陛下はどうしていらっしゃる？　お体の具合は？」

縋《すが》りつくように自分を見上げる芙蓉の目には、涙が溢《あふ》れていた。

まず皇帝について尋ねられたことに、心が僅《わず》かに疼《うず》く。

「陛下はお元気でいらっしゃいます。最近は顔色もよいようです」

「わたくしのこと、何か言っていた？」

「……私のような者では、そこまでのことはわかりかねます」

「陛下は今も、わたくしを信じてくれているはずよ！　それを……あの柳貴妃が讒言《ざんげん》をもって惑《まど》わせているんだわ！」

ぎゅっと潼雲の衣《ころも》を摑む。その手の力はひどく強かった。

「わたくしじゃない……皇后を殺したのは、わたくしじゃないわ！」

「もちろんでございます。芙蓉様の無実は、私がよくわかっています！」

「潼雲……潼雲……」

幼い子どものように、芙蓉は潼雲の名を呼んだ。

「お前だけよ、私の味方は」

「何をおっしゃいます。お父上もお母上も、芙蓉様を案じています」

芙蓉は涙を拭《ふ》いた。

「いいえ、お父様はわたくしをお見捨てになったのよ。……陛下の寵愛を失った私になど、見向きもなさらない」

「そんなことは――」

「お父様に何度も手紙を書いたのよ。でも、一度も返事をくださらない。……魯格が死んでから、お母様のところにも滅多《めった》においでにならないとか」

一年前、芙蓉の弟である魯格が突然病で亡くなった。これにより、正妻の息子である魯信が跡継ぎとなり、さらに芙蓉の失脚によって、独家では再び仁蟬が力を持つようになっていた。

芙蓉は憎悪の色をぎらぎらと瞳に浮かべた。

「あの女……仁蟬が魯格を殺したに決まっているのに！」

「芙蓉様、そのようなことを申してはなりません！　魯格様は急な病と――」

「あれほど元気だった魯格が、どうして急に死んだりするの！　毒を盛られたのよ！　あの女ならそれくらいやるわ！　わたくしのことだって、散々いじめぬいて……！」

はぁはぁと荒い息を吐き、突然芙蓉は口を噤《つぐ》んで黙り込んだ。

そして両手で顔を覆い、静かに泣いた。

「公主に会いたい……」

「芙蓉様……」

「寂《さび》しがっているはずよ……母を失って、心細いでしょうに」

潼雲も公主のことは案じずにはいられなかった。罪人の娘となれば、父親が皇帝とはいえまともな扱いは受けないだろう。

「潼雲、お願い。公主に会わせて」

「え……」

「それを頼みたくてお前を呼んだのよ。一目でいい、遠くから見るだけでもいいの！　あの子の元気な姿を見たい……」

「しかしそれは――」

「お願いよ！　陛下に見放されたうえにあの子さえも失ったら、生きていけない……」

背を丸め伏して泣く芙蓉は、いつになく小さく見えた。

「……わかりました。なんとか……なんとか方法を考えます」

潼雲は躊躇《ためら》いつつ言った。

ぱっと顔を上げた芙蓉は、頬を涙に濡らしながらも瞳を輝かせた。

「本当に？」

「はい。ですからどうか、お嘆《なげ》きになりませんよう」

ほっとしたように、芙蓉は肩の力を抜いた。

「……昔から、お前だけはいつだって私の味方でいてくれる。頼りになるのは、お前だけよ」

目に涙を浮かべながら微笑む芙蓉に、潼雲は胸の内が熱くなるのを感じた。

「もちろんでございます。──母が亡くなって天涯孤独の身となった私たち兄妹を気にかけ、ずっと支えてくださったのは芙蓉様でございます。母のことも手厚く弔《とむら》っていただきました。そのご恩を忘れはいたしません」

今度は、自分が彼女を支える番だった。

もう、医者の一人も呼べない子どもではない。

（何だってする。彼女のためなら──）


夏の日差しを避けるように、四阿《あずまや》で宮女と毬《まり》をついている幼い少女の姿を目にした芙蓉は、嗚咽《おえつ》を押さえ込むように口を引き結んだ。

瞳はじっと公主から離さず、一時《いっとき》たりとも見逃したくない、とでもいうようだった。

「公主……」

木々の合間からこっそりと覗き見る芙蓉は、いつの間にか涙を流していた。

「元気そう、だわ……」

食い入るように娘を見つめる芙蓉の姿に、潼雲は喜びとともに僅かな寂しさを覚えた。

芙蓉の娘——つまり皇帝との間の子だ。別の男の子どもを愛する彼女を目の当《ま》たりにすると、改めて、自分にはもう手の届かぬ人なのだと痛感する。

「はい、お健《すこ》やかに過ごしていらっしゃるようです」

「……母が毒殺犯と疑われて、肩身の狭い思いをしているはずよ。宮女たちだって、あの子のことを軽んじているだろうに」

自らの子ども時代を思い返すように、芙蓉は苦しげに呟いた。

「あの子のためにも、早く汚名をそそがなくては」

「はい、芙蓉様。私も全力で、芙蓉様の潔白を証明する証拠を探しております」

公主の毬が、ぽんと転がった。ころころと転がってきたそれは、芙蓉の潜《ひそ》むすぐ傍《そば》までやってくる。思わず芙蓉は身を乗り出すが、潼雲が慌てて押さえ込んだ。

「なりません、お姿を見られては！」

「——おかあさま！」

公主のあどけない声が響いた。はっとして、芙蓉が目を見開く。

「公主……！」

気づかれたのか、と潼雲は焦《あせ》った。

しかし、次の瞬間、別の声が聞こえた。

「──平朧《へいろう》、毬で遊んでいたの？」

芙蓉の体がぎくりと強張《こわば》るのを感じた。転がっていた毬をそっと拾い上げると、声の主《ぬし》は公主のもとへ足を向ける。

「はい、おかあさま」

公主はにこにこと毬を受け取った。お母様と呼ばれた女──柳雪媛《せつえん》は、公主と視線を合わせるように屈《かが》み込んで微笑んだ。

「今日は暑い。外でこのように遊んでいては、身体を壊しますよ。さぁ、あちらに冷やした茘枝《ライチ》を用意しましたから、食べましょう」

幼い少女は、嬉しそうに雪媛に抱きつく。

その小さな手を引き、雪媛は宮女たちを引き連れて去っていった。遠のくその姿を呆然と見つめていた芙蓉は、やがてかたかたと震えだした。

「…………『お母様』？」

低く芙蓉が呟く。もう、公主も雪媛も、見えなくなっていた。

真っ青な顔の芙蓉を、潼雲は痛々しい思いで見つめた。

「何故…………何故、あの女を母と呼んでいるの」

「芙蓉様……」

「母はわたくしよ！　あの子を、お腹を痛めて産んだのはわたくしなのよっ……！」

「落ち着かれませ、芙蓉様！」

くしゃりと顔を歪め、涙が溢れて頬を幾重《いくえ》にも伝っていく。

「わたくしを忘れたの？　あの女が母だと思っているの？　どうして――」

「……公主様を柳貴妃の養女にすると、陛下がお命じになったのでございます」

「養女……？」

芙蓉は、かくりとその場に膝《ひざ》をついた。

それきり魂が抜けたようになった彼女を、潼雲はなんとか人目につかぬよう居殿へと連れて帰った。

泣き腫《は》らした目でぼんやりと寝台に横になった芙蓉を見守りながら、潼雲はその心中を思いじりじりとした。

（陛下は惨《むご》い……かつてはあれほど寵愛した芙蓉様に、こんな仕打ちをするなんて）

時折遠くから眺めることのある皇帝は、潼雲より年下で、いかにも育ちのよい貴公子という風情《ふぜい》だった。柳雪媛の手練手管《てれんてくだ》に、すっかり骨抜きにされているのだ。

（俺だったら――芙蓉様にこんな思いをさせたりしない）

「……………潼雲」

「はい」

「お前は――私を裏切らないで」

「もちろんでございます」

「お前だけは、絶対に……絶対よ」

「はい、生涯、芙蓉様のために働きとうございます」

芙蓉は泣き腫らした目のまま体を起こすと、ぎゅっと寝具を握りしめ、潼雲に言った。

「じゃあ――貴妃を、殺して」

「――は？」

芙蓉の美しい瞳が、血走ってぎらりと光った気がした。

「あの女を――薄汚い卑しい女を――陛下を惑わす悪女を」

「芙蓉様……」

わなわなと唇が震えている。

「私の陛下を……公主を、奪った……！」

両手で顔を覆い、芙蓉は声を上げてむせび泣いた。

「陛下……公主……！」


大月《たいげつ》の屋敷はひっそりとしていた。

随分と寂れた家で、これがあの柳雪媛の母親が住む屋敷であるとは誰も信じないのではないか、と思う。

潼雲も、道を間違えただろうかと周囲を何度も見直した。

柳貴妃を殺せ――と芙蓉は言ったが、実際それは難しいことだった。

今や皇帝が最も寵愛する妃として君臨する雪媛の身辺にはあの毒殺事件の後、さらに厳重な警備が敷かれている。芙蓉の縁故《えんこ》として仙騎軍へ入った潼雲には、近づくことさえできなかった。そもそも芙蓉失脚後は潼雲の立場も危うく、営内ではすっかり除《の》け者扱いだ。

毒を盛ろうにも、食事の毒見は常に行われていた。これについてはあの事件後、皇帝が厳しく命じている。

（柳貴妃自身に手出しをすることは難しい――だが、その身内であれば）

潼雲は背後に控えた男たち五人に目を向けた。都のならず者たちを雇い連れてきたのだ。

「あの家の女主人を捕らえろ。瑞輪山《ずいりんざん》の中腹に古びた小屋がある。人目につかぬようにそこへ連れていくんだ。俺からの指示があるまで見張りを続けろ」

男たちは頷いた。

調べたところ、屋敷には雪媛の母とその侍女《じじょ》、それから下男がいるだけだ。雪媛の父はすでに亡く、彼女はこの母親を特に大事にしていて、皇帝から賜《たまわ》った品も多くは母親に届けさせているという。母親を手中に収めれば、雪媛の身動きを封じることは容易《たやす》いはずだ。

夜が更《ふ》けて屋敷が静まり返った頃、男たちは動きだした。潼雲はそっと草むらの陰からその様子を見守る。

門は固く閉じられている。屋敷を囲む塀《へい》を乗り越えて、男たちの姿が消えていった。

しばらくして、激しい物音と悲鳴が聞こえた。

古びた門が軋《きし》んだ音を立てて開く。潼雲は、男たちが母親を抱えて出てきたのだと思った。

ところが、出てきたのは潼雲が差し向けた男たちだけだった。しかも彼らは皆、門の隙《すき》間《ま》から吹き飛ばされるように転がり出て、その場に倒れ込んだまま身動きすることもままならない。

ぶん、と音がして最後の一人が現れた。その足で出てきたのではなく、宙を舞っている。

男は頭から地面に激突し、ひくひくと体を痙攣《けいれん》させた。他の男たちは恐怖に顔を引きつらせながら、這《は》ってその場を離れようとする。

開き切った門の向こうに立っていたのは、上背《うわぜい》のある一人の男だった。それ以外、人影は見当たらない。

潼雲は驚愕《きょうがく》し、身を固くした。

（なんだ、あいつは――）

頭上に月を戴《いただ》いた男は、地べたに転がった男たちを睥睨《へいげい》し、獣《けもの》のような目を光らせた。

「――去《い》ね」

悲鳴を上げて男たちは逃げ出した。

潼雲は見つからないよう、じっと息を潜める。

（まさかあいつ一人にあの五人がやられたのか？　ここへこんな護衛を置いていたとは……）

「どうかしたの、瑯《ろう》？」

奥から、年嵩《としかさ》の女の声がした。

「誰か来たの？　なんだか騒がしかったけれど」

男は振り返ると、

「いんにゃ、なんも」

とのんびりした口調で首を横に振った。

「――こら」

女が男の額を軽くぺちんと叩いた。といっても、男の背丈は相当に高く、女が少し背伸びしてようやく手が届くという感じだった。

「『いいえ、なんでもありません』――ですよ。さぁ、もう一度」

「……いいえ、なんでもありません」

「はい、よろしい。さ、中へ入りましょう。明日も言葉遣《づか》いのおさらいからですからね」

言葉の割には、声は優しげだった。

門が閉められる。

静けさが戻った屋敷を見つめながら、潼雲は歯噛みした。


明け方、家に帰ると朝餉《あさげ》の支度をしていた妹の凜惇《りんとん》が、おかえり、と笑った。

「夜勤お疲れさま」

「――ああ」

「ご飯、もうすぐ用意できるから、ちょっと待ってね」

潼雲が夜勤と称して何をしていたかなど知らない凜惇は、朝の光の中でてきぱきと働いていた。

「ねぇ兄さん、打毬《だきゅう》の試合があるって聞いたけど、兄さんも出るの？」

「……打毬？」

打毬とは、数名が敵味方に分かれて馬を駆り、小さな毬を追いかける競技である。毬を専用の杖《つえ》で球門へ叩き込み、その得点で勝敗を決する。元々は兵の教錬のためのものだったが、今では高貴な者たちの娯楽でもあり、後宮の女性たちも好んで嗜《たしな》んでいる。

「貴族様たちだけじゃなくて誰でも見に行っていいんですって！　皇帝陛下が主催されて、仙騎軍が試合に出るっていうから、兄さんも出るのかと思って」

「どこで聞いたんだ、そんな話」

「え？　旦那様がそうおっしゃっていたから、お屋敷でみんなが噂してたわ」

凜惇は今も通いの使用人として独家で働いている。皇宮の外にいる妹が知っていることを自分が知らないというのもおかしな話だった。

（俺には何の情報も回ってこない、か――皇宮内で、芙蓉様に関わっていた者は冷や飯を食わされているとは思っていたが）

その陰にはきっと、柳雪媛の力が働いているはずだった。

「なんだ、知らなかったの？　兄さんは打毬が得意だから、もし出場するならきっと陛下の目にも留まるでしょうに」

「陛下の……」

潼雲ははっとした。

これはまたとない機会かもしれない。

芙蓉の力になるためには、自分自身が力を手に入れなければならない。

泣き崩れる芙蓉の姿が、脳裏をよぎった。

二章

長方形の馬場を囲む観客席は満席で、ひしめき合う人々が蠢《うごめ》く様は蜂の巣でも見ているようだった。その中央には、一段高い場所に皇帝のための席が設《しつら》えられ、日を遮るために天幕が張られている。左右には貴賓席《きひんせき》が並び、皇族や高官たちが優雅に寛《くつろ》いでいた。

今、都でこれほどの人と熱気に満ちた場所はないだろう、と潼雲《どううん》は思った。

（ここで活躍できれば、必ず注目される）

仙騎軍《せんきぐん》の中でも出場できる者は限られていた。実力と、そして後ろ盾《だて》のある者が選ばれる中、当然のように潼雲は選出から漏《も》れた。

だが、それで諦《あきら》めるわけにはいかない。

銅鑼《どら》が鳴り響く。

馬場になだれ込んできたのは、二十騎の馬。それに騎乗しているのはすべて後宮《こうきゅう》の女たちだった。

ひらひらとした色鮮やかな衣《ころも》を纏《まと》った天女のような女たちの登場に、観客は歓声を上げた。

「あれが後宮の女人《にょにん》か」

「さすが皇帝陛下《へいか》の女は、この世のものとは思えぬ美しさだなぁ」

「羨《うらや》ましいもんだ、あんな美女たちに囲まれているとは……」

女たちが優雅に馬を操り毬《まり》を追いかける姿は、勇壮さとは無縁ではあれども華やかで、人々の目を釘付けにするのに十分だった。皆、身を乗り出すようにして眺めている。もっと前で見ようと人を押しのけようとする者も続出し、至る所で乱闘騒ぎが起きていた。

「柳貴妃《りゅうきひ》様はどれだ？」

「あの中にはいないみたいよ」

「なんだ、お顔を拝《おが》めると楽しみにしていたのに」

「皇帝のご寵愛《ちょうあい》を受ける神女の姿ってのは、どんなだろうな」

「あの天女のような女人たちよりも、もっと美しいんだろうねぇ」

「毒を盛られて生死の境をさまよったって聞いたけど……まだお加減が悪いのかしら」

仙騎軍の兵士たちもまた、そんな女たちの様子に魅入《みい》られていた。普段から皇宮《こうぐう》で働いているとはいえ、まじまじと妃《きさき》や女官を鑑賞できるような場面はあまりないのだ。

だがそのうちの一人は、青い顔でその場を離れた。

「おい、どうした?」

「ああ、ちょっと厠《かわや》へ……」

潼雲は彼の後を追った。人気《ひとけ》のない場所で蹲《うずくま》っている男を見つけると、肩に手をかける。

「大丈夫か?」

「……なんだか、気分が……」

「少し休んだほうがいいぞ。……ほら、その兜《かぶと》も脱いで」

真っ青な顔をした男は促《うなが》されるままに兜を脱いだ。体を丸め嘔吐《おうと》する。

「何か悪いものでも、食べたんじゃないか?」

「……うう」

「ここで休んでいろ」

「し、しかし、試合が……」

「案ずるな」

男は気を失う。それを見届けて、潼雲は預かった兜を被《かぶ》った。

「——代わりに、俺が出よう」

朝餉《あさげ》に薬を混ぜたことは、誰にも気づかれていないようだった。潼雲は男の甲冑《かっちゅう》も奪うと、それを身に着けて素知らぬふりで他の兵士たちに合流した。兜を被れば顔はほとんど見えない。体格の似た男を選んだから、女たちに夢中の彼らは誰も怪《あや》しまなかった。

再び銅鑼が鳴り響き、旗を手にした仙騎軍が騎馬で入場すると会場は大きく沸いた。打《だ》毬《きゅう》は本来激しく雄々《おお》しい競技である。女たちの試合はいわば余興、これからが本番だった。

右軍と左軍から選抜された者たちが、馬で整然と並び立つ。濆雲は対戦相手の顔ぶれを眺めた。兜を被っていても、その男の姿だけは吸い寄せられるように視界に飛び込んでくる。

（王青嘉《おうせいか》――）

やはり選ばれたのだ、と思う。どうせ家柄と、柳雪媛《せつえん》の傍《そば》近くに仕《つか》えているから選抜されたのだろう。

貴賓席に目を向けた。皇帝の姿が遠目に見える。

ぎゅっと杖《つえ》を握りしめた。

試合開始の銅鑼が鳴り、濆雲は駆けだした。

広い馬場を鎧《よろい》に身を包んだ男たちがぶつかり合うように駆ける様に、観客たちは大歓声を上げた。

濆雲は素早く駆け、零《こぼ》れ落ちた毬《まり》を掬《すく》い上げて思い切り打った。あやまたず球門へと吸い込まれ、早速潼雲の右軍が得点を勝ちとる。その早業《はやわざ》にどよめきが起こり、仲間たちも潼雲へ驚きの視線を向けた。そこでようやく潼雲の正体に気づいた者が声を上げた。

「おい、お前どうして——松菫《しょうとう》はどうした！」

「松菫が腹を下したから、代わってくれと頼まれたんだ」

「なんだと？　勝手なことを……」

「喋《しゃべ》っている暇《ひま》はないぞ」

潼雲は馬の腹を蹴った。再び両軍ともに毬を追いかけ始める。互いに激しく奪い合い、馬同士がぶつかり合った。

潼雲は隙《すき》を狙《ねら》ってすかさず毬を取り上げた。二点目を入れると、もう誰も潼雲のことを咎《とが》めなかった。皇帝の御前試合、彼らも負けるわけにはいかない。戦力になる者を追い出そうとはしなかった。

皇帝が身を乗り出してこちらを見ていることに気づき、潼雲は浮き立つ思いだった。青嘉はというと、まだ一度も毬に触れてもいない。

「——兄さん！」

歓声の中に紛《まぎ》れて聞こえた声に、潼雲ははっとする。妹の凜惇《りんとん》が、笑顔で大きく手を振っていた。

「すごいすごい！　頑張って！」

杖を持つ腕を高く上げて応《こた》える。

（絶対に勝つ――）

仲間が放った毬がこちらへ飛んでくるのが見えた。馬を操り、落下地点に杖を伸ばす。

途端に視界を影がよぎった。

何が起きたのかよくわからなかった。気づいた時には毬が消えていた。

「――!?」

瞠目《どうもく》して馬を止める。

いつの間にか敵方の一騎が大きく毬を弾《はじ》いて、それを別の一騎が受け止めている。それはすでに潼雲の後方で起きていて、慌《あわ》てて馬首を返した。

追いすがろうとした潼雲だったが、立ち塞《ふさ》がるように青嘉が進路を遮《さえぎ》った。躱《かわ》そうとするがぴったりとついてくる。先ほどの潼雲の動きを見て、警戒しているのだろう。

（くそっ、抜けない）

そうこうしているうちに、潼雲から毬を奪った兵士が得点を奪っていた。

その兵士はかなり小柄で、戦場で役に立ちそうには見えなかった。しかし俊敏《しゅんびん》かつ的確に馬を操る様に、潼雲は舌を巻いた。それから何度も、毬を奪われてはその兵士の背中を追うことになったが、その度《たび》に青嘉が守備として間を阻《はば》む、ということが続いた。

思うように得点できなくなり、潼雲は焦《あせ》った。

それでも幾度かはなんとか青嘉を振り切り、毬を奪い取って点を決めることに成功した。

試合が終わってみると、僅差《きんさ》であったが後半に追い上げた左軍の勝利だった。潼雲は落《らく》胆《たん》し、ぎりりと青嘉の背中をねめつける。

「――見事な試合であった！」

皇帝が立ち上がり手を打つ。

皆下馬し皇帝に向かって膝《ひざ》をつくと、皇帝が侍従《じじゅう》に何事か囁《ささや》くのが見えた。

すると侍従が潼雲のもとへやってきて、

「陛下がお呼びだ。御前へ」

と告げたので、潼雲ははっとした。

「――はっ！」

慌てて兜を脱いで脇に抱《かか》えると、さっと進み出た。

「負けはしたものの、そなたの働き、際立《きわだ》って見事であった。名はなんという？」

「穆《ぼく》潼雲と申します」

「潼雲か。――そなたには、今後余の身辺警護を任《まか》せたい」

驚きに思わず皇帝を見上げた。そして慌てて頭《こうべ》を垂れ、礼を取る。

「……ありがたき幸せにございます！」

潼雲は歓喜に震えた。皇帝の近くに侍《はべ》ることができることは何よりの名誉、そして、芙《ふ》蓉《よう》のために動きやすくなることは間違いなかった。

「兄さん！　兄さんすごい！」

凜惇がぴょんぴょんと飛び上がって喜んでいる。近くの見知らぬ人々に、あれは自分の兄だ、と自慢しているのが聞こえた。

その様子に潼雲は苦笑しつつも、誇らしさでいっぱいになる。

（試合には負けたが——意義のある負けだった）

「それからもう一人——あの者も呼べ」

皇帝が指示すると、侍従が左軍の兵士を連れてきた。試合中、何度も潼雲から毬を奪って得点を決めていたあの小柄な男だった。

「そなたの動きは、他の誰とも違い、馬とひとつになっているようだったぞ。羽が生えたように軽く速かった。まこと、見事である！」

「身に余るお言葉、恐縮にございます」

兵士は頭を下げた。少年のような高い声だった。

「名はなんと申す？」

　すると兵士は、にこりと笑うとおもむろに兜を外す。

　途端に、零《こぼ》れ落ちてきた長く美しい黒髪に、潼雲は一瞬息を止めた。

「──柳雪媛、と申します。陛下」

　鎧を纏《まと》って艶《あで》やかに微笑む雪媛に、皇帝は呆気《あっけ》にとられた表情で固まっていた。

　周囲からどよめきが上がる。

「……雪媛⁉」

「はい、陛下」

「そ、そなた、今日は具合が悪くて臥《ふ》せっておると──」

「陛下に嘘をつくのは心苦しゅうございましたが……お楽しみいただけましたでしょう？」

　小首を傾《かし》げて微笑む。

　潼雲は呆然《ぼうぜん》と、隣で膝をついている雪媛を見つめた。

（柳貴妃……？）

　では自分が負けたのは、彼女なのだ。女の身で、しかも芙蓉の敵であるこの女に、潼雲は正々堂々とした勝負で負けたということだった。

それも皇帝の面前で、衆目《しゅうもく》の前で。

屈辱《くつじょく》に、体の芯が熱くなった。

皇帝は頭を抱え、どかりと椅子に座り込む。やがて、堪《たま》らないといったように大きく笑った。

「我が妃は、精鋭である仙騎軍を負かしてしまったというのか！　なんとも見事である！」

そうして再び立ち上がると、雪媛の手を取った。

同時に、驚きから立ち返った観客から、一斉に地鳴りのような歓声が沸き上がった。

「柳貴妃様万歳！」

「神女様！」

雪媛は観衆に向かって手を振る。

そして、張りのある、よく通る声を上げた。

「今日、この会場には多くの者が集まってくれました。皆から観戦料として徴収した金子《きんす》はすべて、昨年日照りで苦しんだ地域の復興に役立てることを、陛下はお約束してくださいました」

わあっと拍手が鳴り響いた。

貴賓席にいる者たちは苦い顔をしている。今回、地位や身分が高い者ほど法外な観戦料が課せられたからだ。皇帝主催の催《もよお》しに参加しないわけにはいかない貴族たちは、払うしかなかった。逆に庶民《しょみん》たちは無料同然で入場できている。

「仙騎軍の試合は見事でした。これほどの武人たちを擁《よう》する我が瑞燕国《ずいえんこく》は、必ずや五国を統一し、さらなる発展を遂《と》げることでしょう。――皇帝陛下万歳！」

雪媛が皇帝に向かって膝をつき、頭を垂れる。

会場中から、万歳、万歳、と繰り返し声が上がった。

圧倒的な熱量を目の当《ま》たりにした皇帝は頬が紅潮し、自信に満ち溢《あふ》れた笑顔を浮かべて民衆に手を振っている。

侍従が慌てて、雪媛のために椅子を用意した。

「雪媛の席は、ここへ」

皇帝は手で示して、自《みずか》らの隣へとその椅子を置くよう命じる。それを目にした者たちは、はっとした。

皇帝の隣に並ぶ者、それが許されるのは皇后《こうごう》だけのはずである。

安《あん》皇后が崩御《ほうぎょ》して以来、その座は空のはずだった。そして皇帝は今まで一度も、皇后以外の女を横に並ばせたことがない。

しかし、そこに雪媛の席を設《もう》けさせたのである。

その意図は明らかだった。

にこりと笑ってその席に腰かけた雪媛を見て、さらに大きな歓声が上がる。

「鎧を纏っているっていうのに、なんて美しさだろうねぇ」

「さっきの飾り立てた女たちより、よっぽど綺麗だな」

潼雲は拳を握りしめた。

いつの間にか、主役は雪媛になっている。

潼雲のことなど、もう皆忘れていた。

皇帝の目は、眩《まぶ》しいものを見るように雪媛に注がれていた。

「陛下、試合に勝った褒美《ほうび》をいただけませんか？」

雪媛がそう言うと、皇帝は嬉しそうに頷《うなず》いた。

「もちろんだ。何がよい」

にこりと雪媛は笑う。

「その男を」

白く細い人差し指が、ぴたりと潼雲に向けられた。

「――え」

潼雲は瞬《まばた》きする。

「その男を、私の護衛にしてください」

会場の外で馬に水をやりながら、青嘉はそっと馬の首ごしに潼雲の姿を盗み見た。試合を終え、潼雲もまた馬の世話をしている。

（……穆潼雲、仙騎軍大将、皇宮の影の支配者……）

未来での潼雲を知る青嘉としては、警戒せずにはいられなかった。

かつて経験した人生で、青嘉は雪媛を失って以降あまり都に居着かず、戦場で日々を送った。その間に、日に日に台頭していったのが潼雲だ。寵姫《ちょうき》・独芙蓉の後ろ盾のもとにのし上がり、やがては芙蓉の産んだ皇子を皇帝の座につけ、その背後で権力をほしいままにした。その後も歴代の皇帝の背後にはいつも、潼雲の影があった。

（俺を殺せと命じたのは陛下だった。しかし、実際に手を打ったのは……）

恐らく潼雲だったのだろう、と青嘉は確信していた。時折顔を合わせれば、いつも冷ややかな敵意を向けられていたのを覚えている。その目は、お前が気に食わない、と物語っていた。

（何かした覚えはないんだが……何故《なぜ》あそこまで嫌われたんだろうか）

潼雲と話したことなど数えるほどだし、潼雲はいつも都にいたので戦場で手柄を競ったこともない。敵視される理由はないはずだった。

（それにしても、よりによってこの男を護衛にするとは――）

雪媛の意図はわかっているつもりだ。芙蓉の乳母《うば》の息子であるという潼雲は、間違いなく芙蓉派の人間だ。近くに置いてしまったほうが動向を探れる。

それでも胸騒ぎがした。

しかし、青嘉が見たあの未来を知らない雪媛に、潼雲という存在の危険性をどう伝えればいいだろうか。

試合は終わったが、会場内には出店が並び祭りのような様相だ。庶民たちは非日常を目いっぱい楽しもうとしているし、貴族たちにとっては社交の場であり、各々《おのおの》持ち寄った酒や菓子などを囲んでいる。

雪媛は碧成《へきせい》の隣で、重臣たちの拝謁《はいえつ》を受けていた。

「まこと、盛況な催しでございました。これほど華やかな打毬の試合を見たことはございません」

そう言って膝をつくのは、碧成の異母兄《あに》で先帝の長子である昌王《しょうおう》だった。その横には、その弟の阿津王《あつおう》、そして環王《かんおう》がいる。

昌王と阿津王は二人とも碧成より年長ではあったが、母親はそれぞれ別の側室である。一方環王は碧成と同じく前《さき》の皇后の子であるが碧成よりも六つ年下で、まだ十五歳だった。環王が無邪気な様子で、皇帝である兄を見上げる。

「陛下、私も試合に出とうございます！」

「同感でございます。私も是非、あの美しい後宮の女子《おなご》たちとともに毬を追いかけたいものです」

阿津王が女たちを眺めてにやにやと笑うと、環王は頬を染めて口をぱくぱくさせた。

「わ、私は誓ってそのようなことを申しているのではございません！　仙騎軍のように勇猛に戦いたいのです！　……それに兄上、後宮の女子は陛下のもの！　それをそのようにお戯《たわむ》れを申してはなりません！」

一生懸命言い募《つの》る様子に、碧成は愉快そうに笑う。年の離れた同母弟《おとうと》を、彼は常日頃から可愛がっていた。彼らの母である皇后が病《やまい》で亡くなってからは、特にそうだった。

「環王、私だって出たくて堪らないのを我慢しているのだぞ。皇帝が出ては、皆遠慮して本気など出せぬからな。手加減されたものを勝っても嬉しくないし……」

「では陛下。ご兄弟で対戦されてはいかがです？」

雪媛が酒を満たした杯《はい》を片手に言った。

「何？」

「昌王様、阿津王様、環王様、それに陛下。四人で二つに分かれて戦うのです。ご兄弟でしたら遠慮もありませんでしょう？　ただし、ここではなくできるだけ人目のない、皇宮の競技場がよろしゅうございましょう。もし陛下が負けるようなことがあっても、誰も見ていなければよいのです。それでこそご兄弟の皆さまも、気兼ねなく真剣勝負ができるというもの」

「余が負けることが前提か？」

碧成が眉を顰《ひそ》める。本気で気分を害したわけではなく、冗談交じりであることは誰もがわかった。

雪媛がくすくすと肩を揺らした。甲冑は脱いでいるが、今も戎衣《じゅうい》を纏っている。その肩に、結わずに流した黒髪が艶《つや》やかな波を打った。

その瞬間、その場にいた者たちは皆、ふと彼女に釘付けになった。着飾ってもいない、化粧もしていない男装の妃は、不思議な吸引力でも持っているようだった。

「昌王様は歴戦の将でいらっしゃいますし、阿津王様は知略に秀《ひい》でたお方と聞いております。環王様はまだお若いですが、そういったお方は可能性が計り知れず、大番くるわせがあるものです。――この勇ましい四人の殿方が戦うとは、どのような勝負になるのか楽しみですわ」

そう言って雪媛は、諸王に目線を送った。昌王は少し顔色を変え、阿津王は静かに笑顔を浮かべ、環王はわくわくと期待に目を輝かせていた。

その様子を眺めながら、青嘉は雪媛が彼らの反応を試しているのだと思った。

(打毬の話として語ってはいるが――これは皇位争いの話だ)

青嘉が見た未来では――昌王はやがて謀反《むほん》の企《くわだ》てを起こし、流刑《るけい》にされる。先帝の長男であり、未来の皇帝としての可能性を周囲から刷り込まれていた彼は、皇太子になり損《そこ》ねても皇帝になり損ねても結局諦《あきら》められなかったのだ。この事件を機に兄弟の間には亀裂《きれつ》が入り、阿津王もまた碧成の不興《ふきょう》を買って遠方へ流され、そのまま病死した。ただ、同母弟の環王だけは碧成の信頼を得て、臣下としてその治世を支え続けた。実際彼には野心はなく、実直に兄の補佐に徹していた。

碧成を排除しても、皇位の継承権を持つこの三人がいれば皇帝の首がすげ替わるだけである。だからこそ、雪媛はこの三人の兄弟も排除する必要があった。

「やりましょう、陛下！　是非とも手合わせをお願いいたします！　私は手加減などいたしませぬゆえご安心ください！」

胸を張る環王に、碧成も笑った。

「ああ、そうしよう。兄上たちも遠慮は無用でございますぞ」

「承知いたしました、陛下」

「私はやはり、女子と戯れるほうがようございますなぁ。どうでしょう、私たち以外の軍勢は皆女子ということでは」

阿津王の言いように、皆笑った。

やがてその他の重臣たちが拝謁にやってきて、兄弟たちは頭を垂れてその場を離れていく。そこへ、環王のもとへそっと近づく者があった。尚宇《しょうう》だ。

尚宇は環王の耳元へ何事か囁《ささや》く。すると環王は瞳を輝かせ、周囲に目を配ると、尚宇に先導されてそのまま会場を去っていった。

「叔父上《おじうえ》！」

幼い声に振り返ると、頬を紅潮させた志宝《しほう》が転がるように駆けてきて、青嘉に抱きついた。

「来ていたのか」

「はい、母上に連れてきていただきました！　叔父上、見事な勝利でした、おめでとうございます！」

「ああ」

「私も早くあんなふうに馬を駆れるようになって、試合に出とうございます！」

「そうか。……だが、打毬の試合に出るだけでいいのか？」

志宝ははっとして居住まいを正した。

「もちろん、戦場に出て父上や叔父上のように、戦功を立てます！」

その後ろから、珠麗《しゅれい》がゆっくりとやってくる。

「青嘉殿、お疲れさまでした。ご活躍されて何よりです」

「――義姉上《あねうえ》」

「打毬の試合というのは初めて見ましたが、こんなに華やかで激しいものなのですね。それに、これほどに大勢の人が集まるなんて……」

面白そうにきょろきょろと周囲を見回す珠麗は、いつになく顔色がよかった。その結い上げた髪にあの髪飾りが光っていることに気づき、青嘉はなんとも言えない気分になる。

青嘉が髪飾りを見ていることに気づいたのか、珠麗はさっと頬を染めて俯《うつむ》いた。

珠麗は、それを青嘉が贈ったものだと信じている。あれ以来、自分に対する彼女の様子が変わっていることを感じていた。よそよそしくなり、あまり目を合わそうとしない。時折ふいに顔を見れば、頬を赤らめて目を逸《そ》らす。

（実際、義姉上のために買ったものだ……嘘ではない）

しかし、もう青嘉は――今の青嘉は、彼女に恋をしていた青嘉ではなかった。そもそもあの簪《かんざし》は、あの夜、雪媛が湖に沈めたはずだったのだ。

（それを、あの人は――）

「……柳貴妃様は、お美しい方ですね」

「え？」

珠麗は、皇帝の隣に座り談笑している雪媛を見つめている。

「お姿を拝見するのは初めてですが……想像していたのとはちょっと違いました」

「どんな想像を？」

「煌《きら》びやかに装《よそお》った、華やかな方かと――まさか、無骨な甲冑姿で、男性に交じって馬に乗っているなんて」

「確かに、あんなことをする妃は他にはいません」

青嘉は苦笑した。

正直なところ、雪媛が仙騎軍の試合に出ると言いだした時は青嘉も驚いた。頼むから女たちの試合に出てくれと諭《さと》したが聞き入れられず、挙げ句、

「では、打毬で私と一騎打ちしてお前が勝ったら、言う通りにしてやる」

と言いだした。

結果は、青嘉の大敗だった。雪媛の馬の扱いは思った以上で、身軽さと機動力を生かして何度も抜かれ、翻弄《ほんろう》され、思うさまに毬を転がされた。

それで青嘉は仕方なく、雪媛が自由に動けるようひたすら彼女の守りに徹することになったのだった。

「……羨《うらや》ましい」

珠麗が呟《つぶや》いた。

「え？」

「あんなに生き生きと、生気に溢れてる。なんだか、眩しくて……」

実際、眩しそうに目を細める。

「青嘉殿と並んで馬で駆けるなんて……私にはできないもの」

暗い声音に、青嘉は首を傾《かし》げた。珠麗はくるりと青嘉の方を向くと、にこりと微笑む。

「……義姉上？」

「さすがは、二代続けて皇帝陛下が見初《みそ》められた方ね」

その言葉に、青嘉は僅《わず》かに居心地の悪さを覚えた。

父と子、二代続けてその妻になるということは一般的に道徳的ではないとされている。

当然、碧成に嫁《とつ》いでからの雪媛にはその手の陰口がよく囁かれた。それでも最近では、神女としての彼女の名声が上回り、なりを潜《ひそ》めている。

（……やはり、兄上の妻としての誇りがあるのだろうか）

かつて彼女に恋をしていた青嘉が想いを打ち明けられなかった理由はそこにある。夫の弟に嫁ぐなどというのは、彼女からしてみれば道理に反する行いに違いない。

そんな珠麗にとって、二夫《にふ》にまみえる雪媛の存在というのは、認めがたいことなのかもしれなかった。

「――青嘉、そろそろ帰るぞ」

芳明《ほうめい》を伴ってこちらへやってきた雪媛が、珠麗の姿を見てぴたりと立ち止まる。

その視線が、頭上の簪に行きついたのがわかった。青嘉はぎくりとしたが、なんとか平静を装った。

雪媛は一瞬、表情をなくしたように見えた。

だがそれはほんの瞬《まばた》き程度のことで、すぐに笑みを浮かべた。

「青嘉、そちらは？」

珠麗の顔は知っているはずだった。青嘉を護衛にする前に、その身辺を調べる中でこっそりと見に行ったのだという。ただし表向きには初対面なので、素知らぬ顔をするつもりのようだった。

「……義姉の珠麗と、甥の志宝でございます」

「お初にお目にかかります、貴妃様。王珠麗でございます。——志宝、ご挨拶《あいさつ》を」

言われて、志宝は丁寧《ていねい》に拱手《きょうしゅ》の礼を取った。

「王、志宝で、ございます」

その稚《いとけな》い様子に、雪媛はくすりと笑う。

「志宝殿、話には聞いています。馬がお好きとか。今度是非、陛下の御用牧場《まきば》の馬を見にいらっしゃいませ。各地から献上された名馬が揃《そろ》っております」

「本当ですか?」

「叔父上にお願いなさい。わたくしが取り計らっておきましょう」

志宝はぱっと喜色を浮かべ、ぺこりと頭を下げた。

「ありがとうございます、貴妃様!」

「利発なお子ですね。——珠麗様、お体が弱いと伺《うかが》っていましたが、今日は顔色もよいようで安心いたしました」

「貴妃様からいただいた貴重な薬のお蔭《かげ》でございます。なんとお礼を申し上げればよいか」

「当然のことをしたまでです。臣下は私の家族であり、その家族もまた……私の家族なのですから」

そう言って志宝の頭を撫《な》でる雪媛に、珠麗は少し険しい表情を浮かべた。そしてきゅっと唇を引き結ぶと、奪うように息子の手を引いた。

「……そろそろ帰りますよ、志宝」

「母上、もっと見て回りたいです」

「いけませんよ、手習いがまだでしょう」

「では——義姉上たちを送っていけ、青嘉」

雪媛の言葉に、青嘉は眉を寄せた。

「はい？」

「今日はそのまま帰って休め。明日また登城《とじょう》せよ」

「そのようなわけにはまいりません。このまま私も戻ります」

「よい。お前の代わりに、あの新人に頼もう」

そう言って目線を潼雲に向ける。

潼雲は不承不承《ふしょうぶしょう》という表情で雪媛の後方に控えていた。

本来であれば皇帝付きになるはずだったところに、突然こんな展開になれば不服だろう。

「！　それは——」

危険だ、と言おうとして口を閉ざす。現時点での潼雲は、仙騎軍の一兵士に過ぎない。何をもって警戒しろと言うべきだろうか。

「これは私からの褒美だ、青嘉。今日の試合ではよくやってくれた。珠麗様、どうか今夜は青嘉を労《ねぎら》ってやってください。陛下も仙騎軍の活躍に大層お喜びでした」

「はい、貴妃様」

「――行くぞ」

くるりと背を向けて雪媛はその場を後にした。青嘉は雪媛の姿と、その傍《かたわ》らにいる潼雲の姿を苦い思いで見つめた。

「青嘉殿」

名を呼ばれ、青嘉ははっとした。

「あ……はい、義姉上」

「どうなさいました?」

「いえ、何も。……帰りましょう」

珠麗と志宝を促しながら、青嘉はもう一度背後を振り返った。

雪媛の背中は、すっかり小さくなっていた。

その夜の都はお祭り騒ぎだった。皆、自分が見た試合の様子、女たちの美しさ、仙騎軍の勇ましい戦いぶり、そして何より柳雪媛について語り合っていた。

大通りには五色《ごしき》の提灯《ちょうちん》が垂れ下がり、どこかで爆竹を鳴らす者がいる。

ごった返す人ごみの中、潼雲はなんとか目の前の人物から離れないように歩を進める。

柳雪媛は市井《しせい》の女のような軽装に身を包んで、大通りをぶらぶらと歩いていく。護衛はただ一人、自分だけだ。

誰もそれが、今日都中の話題をさらった柳貴妃だとは気づかない。

皇宮に戻ってしばらくすると、潼雲は突然雪媛に呼び出された。そして衣を渡され、すぐに着替えろと言いつけられたのだ。

「外へ行くから、ついてこい」

「……外？」

「お忍びだ。今夜の街は賑《にぎ》わいそうだからな」

「ま、まさか……街へ出ると？」

「早くしろ」

侍女《じじょ》の芳明がこそっと耳打ちをした。

「よかったですね、潼雲殿」

「雪媛様がお忍びに連れていくのは、お気に入りの者だけなんですよ。早速気に入られたみたい」

「よかった……？」

皇帝の妃が勝手に外へ出ることなど許されることではない。家族との面会ですら難しいのだ。それを、この口ぶりではこれまでに何度もやっているに違いなかった。

「陛下はご存じなのですか？　こんな――」

自《みずか》らも着替えた雪媛が、口の端だけで笑う。

「行くぞ」

「し、しかし、今夜陛下が、貴妃様をお訪ねになるやも――」

「陛下は本日の催しではしゃぎすぎて、先ほどから体調を崩して寝込んでおられる」

呆気《あっけ》にとられながらも、これは大きな機会だ、と思い直す。

（これほどの勝手がまかり通っているとは――だが機を見て陛下へ報告すれば、柳貴妃にとっては不利になるはず。後宮の妃である以上、守らねばならない則《のり》がある。それをおろそかにしていたとなれば――）

皇帝付きになり損《そこ》ねたことは残念だったが、芙蓉のためにはむしろ恰好《かっこう》の居場所を得られたのかもしれなかった。雪媛の傍近くにいられるのであれば、その弱みを見つけることも容易《たやす》い。

（それに……わざわざ危険を冒《おか》して外へ行くということは、誰かとの密談に向かうのかもしれない。相手がどこぞの重臣であれば、芙蓉様に報告しなくては）

そう思ってついてきたが、先ほどから雪媛は店先を覗《のぞ》いて品を眺めたり、露店で買い食いをしたり、人だかりがあればそれを覗き込んだりするだけだった。

「あの……貴妃様。昼間の試合で、皆があなたの顔を見たのです。もし、ここにいるのが柳貴妃であると露見すれば大騒ぎに……」

「お前が貴妃と呼ばなければ、ばれないな」

「……失礼しました。ですが、お顔を隠されたほうが」

「一度遠目に見ただけの女の顔など、そうそう覚えているものではない。そもそも、後宮にいるはずの柳貴妃がこんな場所にこんな軽装で、護衛一人をつけただけで歩いているなど誰も思わぬ。思い込みは、最も手間のいらぬ目くらましだ」

「は……」

「お前こそ、今日の試合では活躍していたじゃないか。喝采《かっさい》を浴び、顔も晒《さら》した。――で、誰かここにいるのが仙騎軍の者だと気づいたか？」

確かに誰も、自分たちに注目する者はいなかった。

「いえ――」

雪媛は皮肉げな笑みを浮かべた。

「自意識過剰《かじょう》だ。皆《みな》、他人のことなどさほど気に留《と》めないものさ」

そう言って雪媛は生薬《しょうやく》の店に入っていく。ひとつひとつ値段や仕入れ元を尋《たず》ねると、何も買わずに店を出た。次に入ったのは布地の店で、ここでもこれはいくらかとか、売れ筋は何かとか、どこのものかなどと尋ねた。

（何か探しているものでもあるのか？　それとも本当に、ただ遊びに来ただけなのか……）

後から入ってきた二人の女に気がつくと、店主は雪媛に会釈《えしゃく》してその場を離れた。

「いらっしゃいませ奥様」

「一番高いのはどれ？　今度の宴《うたげ》で着る衣を仕立てたいの」

「はい、こちらでございます」

潼雲は女たちの身なりから、そこそこの家の奥方とその侍女であろうと見当をつけた。ただあまり品性を感じなかったので、最近贅沢《ぜいたく》を覚えた成り上がりであろう。

奥方が店内を見回して、ある反物《たんもの》を指した。

「あれは？」

「申し訳ございません、そちらはもう買い手がついておりまして……」

侍女が噛みついた。

「奥様が気に入ったというのに、売らないつもり？」

「いえ、そのようなことは――ただこちらは一点ものでございますので」

「買い手は誰なの。譲らせなさい」

「こちらは尚書令《しょうしょれい》でいらっしゃる独大人《どくたいじん》の奥様がご所望《しょもう》で――」

「独家ですって⁉」

侍女がずいと前に出る。

「奥様を誰だと思っているの！　柳弼《りゅうひつ》様のご正室よ！　柳貴妃様とは遠縁にあたられるわ！」

雪媛の肩がぴくりと震えた気がした。しかし彼女は何も言わず、事の成り行きを見守っていた。潼雲が小声で尋ねる。

「……ご一族の方ですか？」

「さぁ、会ったこともない。最近、知らない親戚が増えて困っている」

（確かに、芙蓉様が皇太子の寵姫となった頃も、それまで見たこともない親戚が挨拶に来たものだ）

店主は驚いておどおどとした。

「柳貴妃様の……」

「そうよ。まさか奥様より独家を優先するつもり？　奥様を侮《あなど》ることは柳一族を、ひいては柳貴妃様を侮ることとよ！」

侍女が居丈高《いたけだか》にふんぞり返る。その後方で奥方は、不愉快そうに扇《おうぎ》をはためかせていた。

「いまだに異民族だなんだと貴妃様の陰口をたたく輩《やから》が多いとは聞いていたが、こんな屈辱を受けるとは。我ら尹《いん》族には、布一枚売れぬと申すか。尹族だからと蔑《さげす》みを受ける我らを、貴妃様はことのほか憐《あわ》れんでいらっしゃるのに、世の冷たいことよ」

「奥様、もう帰りましょう。こんな店には二度と来るべきではありませんわ」

店主は平伏しそうな勢いで、反物を持ってきた。

「奥様、これは失礼いたしました！　さぁどうぞこちらを。ええ、高貴な方に買い取っていただければ、それが何よりでございます。他にも、店の奥にもっとよい品もございます。どうぞご覧になっていってください」

「もういいわ、おどき」

「そんな奥様、どうか――なんでしたらこちらの品は贈り物としてお納めください。それに、もう独大人のお家とは取引いたしませんので」

それを聞いた奥方は店を出ようとしていた足を止め、勝ち誇ったような笑みを浮かべた。

「……そこまで言うなら、他のものを見てみましょう」

雪媛は何も言わず、奥方の背中に冷たい一瞥《いちべつ》を投げてから店を出た。

（最近成り上がった新興勢力である柳一族、まったく品のないことだ）

気になったのは、独家との取引をやめるという店主の言葉だ。

あの店は芙蓉の母が贔屓《ひいき》にしていたはずだった。それが、柳貴妃の名前を出した途端に、簡単に掌《てのひら》を返された。

（皇宮の中だけではないのか――芙蓉様は劣勢だ）

「……疲れたから、茶でも飲みたい。そこへ入ろう」

そう言って、雪媛は茶館に入っていく。

（ここで誰かと待ち合わせているのか？）

雪媛は茶と適当な菓子を注文し、潼雲に座るように命じた。

「毒見せよ」

出された菓子と茶を示され、潼雲は言われるがまま口に運んだ。

雪媛はやはり、あの事件以来警戒しているのだ。誰が毒を盛ったのかは知らないが、彼女自身は本当に芙蓉の仕業《しわざ》と考えているのだろうか。

（くそ、芙蓉様が毒を盛ったのではない。誰かに毒を盛られるほど恨まれるお前が悪いんだ）

「問題ございません」

飲み下してそう言うと、雪媛はようやく口をつけた。

そうして茶を啜《すす》りながら、雪媛はぼんやりしているようだった。外はいまだにお祭り騒ぎで、笛や太鼓の音が聞こえてくる。

「……あの、ここで何をしているんです」

「見ての通り、休憩している」

「え……」

「歩き疲れたからな」

（本当にただそれだけなのか……？）

店内は賑わっていた。皆楽しそうに、今日の出来事を興奮気味に語っていた。

「あんたたちも、今日の試合見たかい？」

他の客に声をかけられ、潼雲はどきりとした。雪媛は落ち着いた様子でにこりと微笑み、

「はい、もちろん」

と答える。

「柳貴妃様の上手《うま》いこと、仙騎軍の男たちをどんどん躱してさ！　何度点を取ったか！」

「いいなぁ、俺も見たかった。後宮の女なんてめったに見れるものじゃないし」

「それで、柳貴妃様というのはそんなにお美しいのか？」

どうやら見に行けなかった店主に、客が面白おかしく話し聞かせているらしい。

「それがな、驚いたことに他の兵士と同じ鎧姿だったんだよ。ところが、下手《へた》に着飾っている女たちより神々《こうごう》しい美しさだ。なぁ兄ちゃん！」

同意を求められ、潼雲は困惑《こんわく》しながら「はぁ」とだけ言う。

（芙蓉様のほうが美しい）

目の前に当の本人がいるのに本当に気づいていないようだった。頭の中で勝手に美化されているのだろう。

「俺はあんな恰好で馬に乗るなんて、女としてどうかと思うね」

別の席の男が口を挟んだ。

「何だと？」

「女は控えめに男の後ろをついてくるのがちょうどいいんだ。ありゃ相当なはねっ返りの出しゃばりだな」

そうそう、と別の男も声を上げる。

「あれだろ、尹族出身だから」

「元々は辺境の野蛮人だ。どんなに猿まねしたって、生粋《きっすい》の瑞燕国の女とは雲泥《うんでい》の差、お里が知れるってもんだ」

「そもそも異民族の女に惑わされる皇帝なんて、情けないじゃないか」

「最近じゃ柳貴妃の一族が幅を利《き》かせてるみたいだしな」

「さっきもそこで、柳家の奥方が派手に買い物をしていたわよ。金に糸目はつけないって」

「随分《ずいぶん》と羽振りがいいんだな」

「そりゃそうでしょう。柳貴妃様に手に入らないものはないって話よ。金も、地位もね」

「いや、手に入らないものはあるさ」

ある男が訳知り顔に言った。

「皇后の地位だよ」

ざわざわと皆が顔を見合わせる。

「でも前《さき》の皇后様がお亡くなりになって、次の皇后様は貴妃様だって話だよ」

「異民族の女が皇后だなんて、ありえないだろ」

(そうだ、その通りだ。もっと言え)

目の前の雪媛は顔色も変えず、彼らの話に耳を傾けていた。

（民心は必ずしもこの女の下《もと》にはない――芙蓉様が返り咲く余地はまだある）

それに、と潼雲は考えた。権力を持てばどんな者も驕《おご》り、その地位を利用してさらなる富と権力を得ようとするものだ。柳一族を調べれば、何か埃《ほこり》が出るに違いなかった。

（探りを入れてみよう――柳一族が弾劾《だんがい》されれば、柳貴妃も無傷ではいられないはず）

一人の男が店に入ってきて、まっしぐらに雪媛のもとへとやってきた。

「――雪媛様」

男は潼雲に気がつくと、どこか胡乱《うろん》げな目をした。

「どうだった？」

「大変喜んでおられました。先ほどお屋敷までお見送りを」

「そうか。引き続き頼む」

「……今日は青嘉が一緒ではないのですね」

「ああ、潼雲だ。今日から私の護衛になった。潼雲、尚宇だ。柳家の本宅に仕えている」

「――では、私はこれで」

尚宇と紹介された男は潼雲に軽い会釈だけすると、そのまま店を出ていった。

「何のお話ですか？」

「ちょっと、恋の橋渡しをね」

愉快そうに雪媛が微笑む。

「恋……？」

「尚宇に手はずを整えさせた。若い二人を取り持つというのも、なかなか楽しいものだよ。

──さて、そろそろ出るぞ」

店を出ると、随分と月が高く昇っていた。

「皇宮にお戻りになりますか？」

「そうだな……」

その時、小さな泣き声が聞こえた。ぴたりと雪媛が足を止める。周囲に目をやると、小さな路地に入っていく。

幼い少年が蹲《うずくま》って泣いていた。

「……どうした？」

雪媛が尋ねるが、子どもは泣いてばかりで答えない。

「親とはぐれたのか？」

泣きながらこくこくと頷く。

「そうか」

そう言って雪媛は、少年の頭を撫でてやる。

「大丈夫、すぐに見つかる」

子どもは段々と泣き止《や》んで、少し落ち着きを取り戻した。

「潼雲、この子を背負え」

「親を探すのですか」

「ああ。――名前は？　言えるか？」

「……譚《たん》」

「いくつだ？」

右手の指を四本立てる。

「そうか、四歳か。家はどっちかわかるか？」

首を横に振った。

「では、家の近くには何がある？」

「……大きな木」

あまりにも漠然《ばくぜん》とした目印だった。

「これは――難しいのでは」

「親も探しているはずだ。人通りも少なくなったし、足取りを辿ればそのうち会えるだろう。行くぞ」

「は、はい」

子どもを背負うと、雪媛の後ろを歩き始めた。子どもが、打毬を見た後に出店を回り、練り歩く大道芸人の後をついていったと話したので、ひとまず試合会場の方角に向かっていく。

周囲の店に、子どもに見覚えはないかと聞いて回ったが、皆首を横に振った。

「あの……もう戻りませんと。随分と夜も更《ふ》けました」

「じゃ、お前は帰れ」

「そのようなわけには――誰ぞ他の者に言いつけて、親を探させればよろしいのでは」

「お前は迷子になったことがないか？」

「は？　はい、私は……」

「私はある。目が覚めたら、周りが誰も知らない者ばかりで……自分が誰かもわからなくなった」

遠い目をして、雪媛は独り言のように呟く。

「あれは――不安なものだ」

いつの間にか子どもは背中で眠っている。よいしょ、と背負い直して、潼雲は前を行く雪媛の後をついていく。

「──譚！」

　背後から声がして、潼雲は振り返った。女が一人駆けてきて、潼雲の背中で眠っている少年を引き剝《は》がす。

「ちょっと、うちの子をどこに連れていくつもりなの！」

「え」

　少年は目を覚まし、そこに母親がいると悟るとわあわあと泣きだした。

「母親か？　道に迷っていたから、親を探していたのだ──」

「何言ってるのよ！　私がちょっと目を離した隙《すき》に、あんたが攫《さら》ったんでしょう！」

「──何だと？」

「うちが金持ちだからって狙ってたんでしょ！　役所に突き出してやるわ！　──あなた、あなた来て！　譚がいた！　こいつらが犯人よ！」

　潼雲は混乱した。感謝されこそすれ、誘拐犯呼ばわりされているのだ。夫が駆けてくるのが見えた。

「無礼者！　俺は仙騎軍の──ぐっ」

　雪媛に襟首《えりくび》を摑まれ、潼雲は息を詰める。

「黙っていろ。私の正体まで晒《さら》す気か？」

「ですが――」

「面倒だ。逃げるぞ」

「え――」

腕を引かれて走り始める。背後で女が金切り声をあげているのが聞こえた。

息切れするほどに走った。いくつもの道を抜けて、ようやく追っ手のないことを確認すると、雪媛は肩で息をしながら壁に背中を預けた。

「なんですか、あれは――せっかく子どもを保護してやったというのに、あの言いよう！」

「……子どもは家に帰れた。それでよい」

「納得がいきません！」

鼻息の荒い潼雲に、雪媛は苦笑する。

「何かが彼らを不安にさせているのかもしれないな」

「不安？」

「裕福な家なのだろう。善意を信じて騙《だま》されたこともあったかもしれない。親しい者に陥《おとしい》れられて、人を信じられなくなったのかも。子どもが誰かに攫われてしまってもおかしくないと思うほど、人に恨まれるようなことをしている自覚があるのか……まぁ、すべて想像だが、そう思えば、少しは腹の虫も収まる」

「単に被害妄想に取り憑《つ》かれたうえに傲慢《ごうまん》なだけではありませんか」

「そうだとしても、子どもを心配して駆けまわったのは本当だろう。あの母親は随分汗をかいていた。もう、夜は冷えるというのにね」

確かに今は、すでに少し肌寒い。

「あの子にとっては、それで十分だ」

「親元に帰れたのは結構。ですがきっとあの子ども、あんな親に育てられればいずれ同じような礼儀知らずになりますよ」

雪媛は興味深そうに潼雲を見上げた。

黒々とした瞳が、じっと自分を見つめている。その一時、妙な感覚に襲われた。囚《とら》われているような、引き寄せられるような――。

「――雪媛様っ！」

名を呼ぶ声とともに突然背後から右腕を掴まれた雪媛は、驚きに目を見開いた。潼雲はさっと腰に佩《は》いた剣に手を伸ばしたが、雪媛の後ろから顔を出したのは、息を切らした青嘉だった。

「こんなところで何をしているんです！」

「……お前こそ何をしている。家に帰れと言ったはずだ」

「それは——」

ちらりと潼雲を見る。

その目には明らかに、警戒心が灯《とも》っていた。

「皇宮へ帰りますよ」

「お前はいい。潼雲がいるから——」

「——だめです！」

青嘉の剣幕に、雪媛がびくりと肩を揺らした。

「……潼雲、今日はもういい。ご苦労だった。俺が雪媛様をお送りする」

そうして雪媛の腕を摑んで、ずんずんと進んでいく。

(俺が芙蓉様の後ろ盾で入営したことを、やつも知っているだろう——警戒して当然か)

それでも、何か違和感を覚えた。

あんなふうにあからさまな感情を見せる青嘉が意外だったのだ。


「おい、青嘉——」

「私のいないところで、ふらふらと出歩かないでください！　後宮に行ってみれば、あなたは外へ出たというし……」

「だから、ちゃんと護衛をつけただろう」

　くるりと振り返った青嘉はいつになく厳しい眼差《まなざ》しを雪媛に向けた。

「穆潼雲には、注意してください」

「……芙蓉の手下だからか？　そんなことはわかっている。そもそも、やつに芙蓉の手紙が届くように仕向けたのは私だぞ」

　芙蓉の監視として居殿《きよでん》を取り巻く兵士の中には、雪媛の息がかかった者を紛《まぎ》れ込ませてある。芙蓉は上手く買収できたと考えているようだが、敢《あ》えて雪媛が穴を作っておいたのだ。

　玉瑛《ぎょくえい》であった頃の記憶を探っても、穆潼雲の名に覚えはない。史書《ししょ》に載《の》るような人物でないことは確かだが、だからといって侮る気もなかった。

「それだけではなく……」

「なんだ？」

　何かを言いかけて、青嘉は口を噤《つぐ》んだ。

「いえ――」

「あれは案外、真っ直ぐな男だな。芙蓉に仕えているのが惜しい」

面白そうに雪媛は言った。

「少しお前に似ている」

「……はい？」

「それよりお前、なんでこんなところにいるんだ。……家で家族が待っているだろう」

「そういう、おかしな気遣《きづか》いをしないでください」

「なんのことだ」

「…………おわかりのはずです」

「わからないな」

互いに睨《にら》み合う。

青嘉は諦めたように目を逸らし、雪媛の手を引いた。

「痛い、放せ」

「だめです。離れないでください」

摑まれた手が熱かった。

できるだけ触れないように、近づかないようにしていたのに、どうしてこんなに突然現れるのか。

（家で珠麗の手料理でも食べていればいいんだ！）

　珠麗の頭で輝いていた簪が脳裏に浮かんだ。あの時、自分はうまく動揺を隠せていただろうか。

「――方向音痴のくせに、よく私のいる場所まで来れたものだな」

「迷いませんよ」

「まだ言うか」

「あなたのいるところなら――どこだってわかります」

　青嘉は肩越しにこちらへ眼差しを向けた。

「絶対に、見つけ出します」

　途端に、心の中で何かが、音を立てて崩れ落ちそうな気がした。

　雪媛は俯いた。

　通り過ぎていく人々の嬌声《きょうせい》も、夜店に誘う呼び込みの声も、何も耳には入らない。

　徐々に皇宮を取り囲む高い城壁が近づいてくるのを、見たくなかった。

三章

「こらっ、柑柑《かんかん》！」

盥《たらい》に満たした水の中で暴れる猫を両手で押さえつけながら、芳明《ほうめい》はびしょびしょになっていた。身を捩《よじ》ってすり抜けようとする白猫は、鳴き声を上げて四肢《しし》をばたつかせる。

「どれだけ懐《なつ》かないの、この子は！　――きゃあっ！」

柑柑の跳ね上げた水が、思い切り顔にかかる。

安純霞《あんじゅんか》から託された猫の世話は、芳明の仕事になった。ところがこの猫はいつまでたっても誰にも懐かず、餌《えさ》をやっても誰かが見ていると食べないし、少しも撫《な》でさせようともしないのだった。手を出せばすぐに逃げてしまう。

そして今、どこかで体を泥だらけにして戻ってきた柑柑を、無理やり盥に押し込んだのだった。

「まったく、安皇后《こうごう》のしつけがなってないわ！」

動物の世話は子どもの面倒を見るのと似ている、と思う。息子が幼い頃は手を焼いたものだ。

（天祐《てんゆう》、元気にやってるかしら……）

離れて暮らす息子のことを、想わない日はない。この猫を世話していると、余計に天祐のことを考えてしまう。いい子に育ったと思う。最近では我が儘《わがまま》など言わないし、聞き分けがよくて母親想いの優しい息子だ。芳明が都へ帰る日には寂《さび》しそうな目をしながら、心配ないよと笑った。

（この猫みたいに、もっと我が儘に、自分勝手にしたっていいのに）

父親もいない、母親も傍《そば》にいないことに、不満も言わない。

いつか一緒に暮らせたらいいと思う。しかし後宮《こうきゅう》勤めをしている限りは難しいし、そもそも都には住まわせたくなかった。

天祐の父親は生きている。天祐を産んで以来顔を合わせることはなかったが、それでもいつかどこかで会うことがあるかもしれなかった。

「痛っ！」

柑柑が振り上げた爪《つめ》が芳明の白い肌に赤い線をつけた。痛みに思わず手を放す。

その隙《すき》に柑柑はぱっと身を躍《おど》らせ、一気に駆けだした。

（私の柔肌に傷をつけるとは――！）

「待ちなさい！」

琴洛殿《きんらくでん》の門から出ていくのを必死に追いかける。

石畳の上を軽快に走る猫の速さは目を瞠《みは》るものがあった。

「柑柑！　止まりなさい！」

角をひょいと曲がっていく柑柑を見失いそうになる。

「――柑柑！」

急いで角を曲がると、芳明は足を止めた。

一人の侍衛《じえい》が白猫に手を伸ばし抱き上げているのが目に入った。腕の中に納まった柑柑の背をいとも簡単に撫でたので、芳明は呆気《あっけ》にとられた。しかも柑柑は、蕩《とろ》けるような顔でごろごろと喉《のど》を鳴らしている。

一瞬にして柑柑を手懐けてしまったその男は、見ない顔だった。随分《ずいぶん》と上背《うわぜい》がある。顔立ちは整っているが、鋭い一重《ひとえ》の目は一見穏やかそうでいて、奥底には獰猛《どうもう》さが隠されている気がした。

男は芳明に気がつくと、驚いたように目をぱちぱちとさせた。

（見慣れないわね……新人かしら）

柑柑は男の顎《あご》をぺろりと舐《な》めたり、擦《す》り寄ったりしている。先ほどまでの凶暴さを知っている芳明からすると、この猫かぶり、と言ってやりたかった。

「捕まえてくれてありがとう。柳貴妃《りゅうきひ》様の猫なの」

よそ行きの笑顔で微笑む。しかし男は何も言わず、芳明を観察するようにまじまじと見ていた。こうして自分に見惚《みと》れる男はよくいるので、芳明はあまり気に留《と》めない。

「この子、なかなか懐いてくれなくて困っていたんだけど、あなたには随分甘えてるみたいね。──さぁ、帰るわよ柑柑」

男の腕の中から猫を取り上げると、離れたくない、とでもいうように柑柑が四肢をばたつかせた。

「だめよ、今度こそ洗わせてもらうわ。──それじゃあ、ありがとう」

いまだにぼうっと自分を見ている男に、最高の微笑みだけ投げかけて、芳明は琴洛殿へと戻った。どんな男も、自分に惹《ひ》きつけておいて損はない。

そこからは柑柑との攻防が続き、なんとか洗い終えた頃にはぐったりしてしまった。すっかり濡れてしまった衣を着替えて雪媛《せつえん》のもとへ向かうと、雪媛の腕に大きな烏《からす》がのっていた。

烏は黒々とした瞳を芳明に向け、かあ、と鳴く。

「ああ芳明、ちょうどいい。瑯《ろう》だ、覚えているか？」

「え？」

青嘉の隣に見慣れない人影があった。

見れば、先ほど会ったばかりのあの男だ。

途端に男の目がぱちくりと瞬《また》いて、目に見えない耳と尾がぴんと立った気がした。

瑯、という名前は憶えている。雪媛が行方《ゆくえ》不明だった間、彼女を世話してくれたという青年だ。芳明自身一度だけ、都へ帰る途上で会っている。

記憶にあるのは道の真ん中に寝そべった獣のような男で、髪はもじゃもじゃで鬣《たてがみ》のよう、肩に烏をのせた野生児だったと記憶している。遠目に見ただけだったし、その後すぐに葉《よう》永祥《えいしょう》のもとへ向かった雪媛とは別行動を取って都へ向かった芳明は、以来顔を合わせていなかった。

「……あら、まぁ」

まじまじと瑯を上から下まで眺めた。

櫛《くし》を通して結った髪はもう鬣のようには見えないし、居住まいがしゃんとして、野生児じみたところが消えていた。すっかり垢抜《あかぬ》けた様子だ。

「さっきはありがとう。あなただと気づかなかったわ。随分雰囲気が変わったわねぇ」

「なんだ、もう会っていたのか」

「柑柑がまた逃げ出したので、捕まえていただいたんです」

「ああ、鄒が来たら柑柑を任《まか》せようと思っていたんだ。苦労をかけたな、芳明」

「確か……鄒殿は大月《たいげつ》のお母上のところに預けていらっしゃいましたよね？」

「お母様のお蔭《かげ》でかなり言葉遣《づか》いも上達したようだし、そろそろ正式に兵として鍛えないといけないからね。呼び戻した」

「そうでしたか。――よろしくね、鄒。芳明よ。わからないことがあれば聞いてちょうだい」

惚《ほう》けたように芳明を見つめる鄒に、青嘉《せいか》が呆《あき》れてばしりと背中を叩いた。

貴妃付きの侍女《じじょ》として、芳明には一人部屋があてがわれていた。雪媛より早く起きて朝の支度《したく》を整えるため、日が昇り始めた頃には部屋を出るのが日課だ。

その日芳明が部屋を出ると、扉の前に兎《うさぎ》が一羽横たわっていた。

すでに死んでいるようだ。

（どうしてこんなところで？）

首を傾《かし》げ周囲を見回してみる。皇宮《こうぐう》の裏手に広がる広大な森は狩り場であり皇帝の庭であるが、そこから迷い込んできたのかもしれなかった。そう考えて人を呼んで片付けさせると、雪媛のもとへと向かった。

おかしいと思ったのは次の日だった。

部屋を出ると、今度は子鹿の死体が置かれているのが目に入ったのだ。何故《なぜ》『置かれている』と思ったかというと、その子鹿の脚が括《くく》られて、いかにもここまで誰かが担《かつ》いできたという様子だったたからだ。

芳明は息を呑み、注意深く部屋の周りに目を向けた。しかし人影はなく、夜半のうちに誰かが置いていったのだと思われた。

（……まさかまた、死の穢《けが》れを理由に雪媛様を陥《おとしい》れる策略かしら）

今度は誰も呼ばず、芳明は自《みずか》らその死体を始末した。誰かに見られれば、あらぬ噂《うわさ》が立つかもしれない。

決定的だったのは、さらにその翌日のことだった。

芳明は用心しながらそっと部屋の扉を開け、外へ出た。しかしそこには何もなく、ほっと息をつく。

ところが顔を上げた瞬間、軒下からぶら下がっているものがあるのに気づいてぎくりとした。

雉《きじ》が一羽、吊るされている。

（……雉？）

慌てて吊るされた雉を下ろすと、誰かに見られていないかと危ぶみながら急いで部屋の中へと駆け込んだ。

まじまじと見てみると、艶《つや》のある羽毛といい、よく太った状態といい、見覚えのあるものだった。

（皇帝の御苑《ぎょえん》で飼われている雉……？）

御苑では、珍しいものや美しいもの、高価なものなど、様々な動物が飼育されている。時折、放し飼いにされている雉や孔雀《くじゃく》を雪媛とともに眺めることもあった。

芳明はどうしたらよいかと部屋の中を行ったり来たり、うろうろと歩き始めた。皇帝の所有物である動物を手にかけることなど、重罪である。それが芳明の仕業《しわざ》とされれば、芳明は死罪となり、主《あるじ》である雪媛にも累《るい》が及ぶはずだった。

（これが目的だったの？　独賢妃《どくけんひ》の仕業《しわざ》？　それとも他の妃《きさき》たち？）

雉の数が減っていることはすぐに気がつかれるだろう。そうなれば騒ぎになり、捜索が始まるはずだった。万が一にも自分が関《かか》わっていると悟られてはならない。

芳明は足早に雪媛の居室へと向かった。

「雪媛様、雪媛様、大変でございます！」

まだ眠っていた雪媛を起こすと、芳明は事の次第を話した。

雪媛は寝台の上で芳明の話を聞きながら、しだいに奇妙な顔をし始めた。

「申し訳ございません、このような不手際《ふてぎわ》を。雑はすぐに始末いたしましたが、捜索が始まってもし嗅《か》ぎつけられたら……。雪媛様を陥れようとする輩《やから》の仕業でございましょう。なんとか手を打ちませんと」

すると雪媛はしばし考え込み、外へ声をかけた。

「……青嘉はいるか」

呼ばれてすぐ、青嘉が入ってきた。

「はい」

「瑯を呼べ。──芳明、着替えを」

「は、はい」

青嘉が瑯を連れてやってくると、雪媛は長椅子にゆったり腰かけながら、しげしげと彼を眺めた。

瑯はというと、雪媛の傍《かたわ》らに控える芳明のほうばかり見ている。

「──卿、最近狩りは順調か」

尋《たず》ねられ、卿はこくりと頷《うなず》く。

「はい」

「もしやどこぞで、雉を捕まえたか？」

「はい、たくさんいたので」

「で、捕らえた獲物《えもの》はどうした」

「…………」

卿は視線をさまよわせる。

芳明は目を瞬《しばたた》かせ、そしてはっとして声を上げた。

「──まさか、あの雉を置いていったのは、あなたなの⁉」

雪媛が顔を手で覆《おお》って俯《うつむ》く。

「雪媛様、どういうことです？　まさか彼は誰かの回し者──」

「……ふふっ……っ」

突然、雪媛が声を上げて笑い始めたので、芳明は呆気にとられた。

「せ、雪媛様？」

「あはっ、ははは！　げほげほっ……いや、いや、違うぞ芳明……これは……」

可笑《おか》しくてたまらないという様子で、雪媛は人差し指を立てた。

「――求愛行動だ」

芳明はぽかんとした。

同様に青嘉も目を丸くして、横にいる瑯を見た。

「………………は？」

眉を寄せ、芳明はかろうじてそれだけを口にした。

腹を抱《かか》えて笑っている雪媛が、目尻の涙を拭《ぬぐ》いながら説明する。

「動物の世界では、雄《おす》が雌《めす》に獲物を捧《ささ》げる行為がある。相手によい獲物を与えることで気を引き、そして自分の狩りの有能さを示すんだ。……つまり瑯は、最上の品をお前に献上していたというわけだ」

「……足らんかったかのう？」

瑯が首を傾げた。

「あればいい雉を見たのは初めてながで、気に入ると思ったがやけど」

呆れて何も言葉が出てこず、芳明はただただ口をあんぐりと開けた。

「瑯、雉はどこで捕まえた？」

「裏の森やか」

「そこは陛下の狩り場だ。勝手に狩りをしてはいけないと覚えておきなさい。お前も、自分の狩り場を荒らされれば怒るだろう」

「そうじゃったがか」

「――卿、話し方」

鋭く言われて、卿は背筋を伸ばした。

「はい、わかりました。気をつけます」

外が騒がしくなった。宮女の悲鳴と、荒々しい足音が聞こえてくる。

どんと扉が開くと、兵士たちがわらわらと部屋になだれ込んできて、芳明は身を強張《こわば》らせた。

「柳貴妃様、そこにいる男をお引き渡しください」

兵士たちが槍《やり》を構え、卿を取り囲む。

「……何事なの？」

「今朝がた、陛下の雉が盗まれたのです。この男が雉を盗んだことが、目撃者の話からわかっております！」

卿はきょとんとしている。

突然両腕を摑まれ拘束されそうになると、卿は反射的に思い切り兵士たちを投げ飛ばした。

「──卿、やめよ！」

雪媛がぴしゃりと言うと、卿は動きを止めた。

「おとなしくしていなさい」

するとと雪媛はそっと卿に近づき、何事かを耳元で囁《ささや》く。卿はこくり、と頷いた。

おとなしくなった卿は兵士たちに引っ立てられていく。彼らが琴洛殿の門を出て喧騒《けんそう》が過ぎ去ると、芳明は不安な表情を浮かべた。

「……先ほどは、卿に何を言ったのですか？」

「黙っていればいい、とだけ。認めることも否定することもするなと」

「ですが目撃者がいるのですよ。卿が犯人となれば、主である雪媛様にも累が──」

「卿にも少し、ここでのままならない暮らし方を学ばせたほうがよい。身をもってね」

「申し訳ございません、私の監督が行き届かず……」

青嘉がそう言うと、突然雪媛が噴き出した。

「……いや、しかし……狩りがしたいと言いだすかとは思っていたが……まさか、獲物を芳明に……あっははは！」

「……笑いごとでは」

渋面《じゅうめん》を作る青嘉とは対照的に、けらけらと眉を下げて笑う雪媛は、いつもより幾分幼く見えた。

「――で、どうだ芳明」

「なんですか？」

「卿に可能性は？」

「あるわけないじゃありませんか、とんだ野生児ですわ！　だいたい、随分と若いじゃないですか。年下は好みではありませんの」

「少し長い目で見れば、よい男になると思うが」

「まずは獣ではなく簪《かんざし》のひとつでも贈れるようになりませんと、考慮にも値《あたい》しません」

「厳しいな」

そこへ、宮女が一人慌てて駆け込んでくる。

「失礼いたします。貴妃様、陛下がお呼びでございます。至急とのことで――」

芳明ははっとした。

「雪媛様、もう陛下のお耳に入ったのでは……」

「安心しろ。お前に咎《とが》が及ぶようなことにはしないから」

「私のことなんていいんです！　それより、雪媛様が――」

「よくない」

椅子から立ち上がった雪媛は、じっと芳明を見つめた。

「お前に何かあれば、天祐《てんゆう》が悲しむ」

息子の名を出されて、芳明はどきりとした。

「さぁ、身支度を整えないとね。髪を結ってちょうだい」

雪媛の支度を手伝いながら、芳明の気分は沈んでいた。

ついこの間、芳明を庇《かば》ったがために雪媛は崖《がけ》から落ちて行方不明になった。後から、頭を打って記憶を失っていたという話を聞いて、ぞっとした。

（雪媛様は、私のことをいつも気にかけてくださる……でもそれが、雪媛様の道を邪魔するようなことになったら――）

鏡越しに雪媛の白い面《おもて》を見つめる。

（その時は、私自身が雪媛様のもとを離れるべきなのかもしれない）

朝議《ちょうぎ》の間では、皇帝の庭を荒らした犯人と、そしてその主である雪媛を糾弾《きゅうだん》する声が湧いていた。

「この皇宮内でこのような不届きな行い、決して許してはなりません。皇室の威信に傷がつきます」

「犯人は即刻首を刎《は》ねるべきです」

「左様《さよう》。主である柳貴妃様にも責任を取っていただきませんと」

　重臣たちが口々に進言する。

「犯人には罰を与える。それは当然だが——貴妃は関係ないだろう」

　碧成《へきせい》が言うと、独芙蓉《ふよう》の父、護堅《ごけん》を筆頭に雪媛を好ましく思っていない者たちが次々に声を上げた。

「陛下、そうはまいりません。貴妃という位《くらい》にある以上、下の者をきちんと管理できる器《うつわ》が必要でございます」

「その通りです。陛下は貴妃様に後宮の管理をお任せになっておりますが、これではその任は務まりません。お役目は別のお妃様へお任せするべきでしょう」

「——おい、それは言い過ぎではないか。貴妃様は立派に後宮をまとめておられるぞ」

「その通り。実際、あの皇后様毒殺事件の後、混乱する後宮を安んじたのは貴妃様でございます。さすればこそ陛下も落ち着いて政務に臨《のぞ》むことができたというものではありませんか」

「陛下のご体調とて、貴妃様のお蔭ですっかりよくなられたのだ」

先触れで貴妃の到着を告げようとする侍従《じじゅう》を止めて、雪媛は彼らの言い争う声に扉の外で耳を澄ませていた。

（いまだ朝廷は私を完全には認めていない。……それでも、確実に支持する声は増えた）

皇后となるためには、碧成の一存だけでは難しい。大多数の重臣たちの支持が絶対的に必要だった。

（そろそろ、幾人かにはこの席から退場していただかないとね……）

雪媛は侍従に目配せして、扉を開けさせた。

「――柳貴妃様でございます」

言い争っていた者たちは口を噤《つぐ》んだ。

雪媛の姿を見ると、玉座《ぎょくざ》にある碧成の表情がぱっと明るくなった。

「雪媛、よく参った。こちらへ」

左右に居並ぶ臣下たちの間をゆっくりと歩いていく。剣呑《けんのん》な視線を投げつけてくる者もあったが、雪媛はさらりと躱《かわ》した。

「――陛下」

「雪媛よ。そなたの推挙で仙騎軍《せんきぐん》に入った男が、余の雉を盗んだとこの者たちは申しておる。それがまことならば、その者には罰を与えねばならぬ」

「罪を犯したならば、罰を受けるのが道理でございます。──その者が陛下の雉に手をかけたのは事実です。どうか、わたくしを罰してください」

「何を申す。そなたに罪はない」

「いいえ陛下。──実は、雉を所望《しょもう》したのは、わたくしなのです」

ざわ、と皆がどよめいた。

「なんだと？」

「わたくしがあの者に命じて、陛下の雉を取りに行かせたのです。あの者は指示に従っただけです。代わりに、わたくしを罰してくださいませ」

「何を言っているのだ。どうしてそなたが──」

「実は昨夜、天からのお告げを受け、急ぎ祈禱《きとう》を行い供物《くもつ》を捧げる必要がございました。先に陛下の許可をいただくべきところ、すでに夜半でありましたので朝になってから、と考えたわたくしの過《あやま》ち──このような騒ぎを起こしてしまい、申し訳ない限りでございます」

皆顔を見合わせている。碧成も戸惑《とまど》っているようだったが、それでも雪媛におもねるように言った。

「そ、そうか――天への捧げ物。それでは確かに、適当なものでは務まらぬであろう」

「はい、天子の雉であればこそ、天も満足されましょう。……ですが、勝手に事を進めたのはわたくしの罪でございます。どうか、罰を」

「よいのだ、そういうことであれば仕方がない」

碧成がそう言って許そうとした瞬間、一人の男が声を上げた。

「――なりません、陛下」

居並んだ臣下の最前列に立つ、壮年の男だった。先ほどまで一度も発言をしていない。

碧成はぎくりとしたように身を硬直させた。

すっと前に出る男の姿を、雪媛は苦々しい思いで見つめた。

中書令《ちゅうしょれい》の蘇高易《そこうえき》だ。

「貴妃様は、あの雉の世話係が今、どこにいるかご存じですか」

「――いいえ？」

「今、世話係の者たちは皆、刑場で棒叩き百回の刑を受けております。管理を怠《おこた》り、陛下の雉を失った罰です。当分、歩くこともままならないでしょう」

雪媛は何も言わなかった。

「貴妃様、天への供物が必要だったとしてもその身勝手なお振る舞いによって、これまで実直かつ誠実に陛下へお仕《つか》えしてきた者たちが、こうして重い罰を受けているのです。ご自分の行動がどのような影響を与えるのか、よくお考えになるべきでございます」

「……蘇大人《たいじん》のおっしゃることは、ごもっともでございますわ」

雪媛はしおらしく膝をついた。

「陛下、この雪媛は大きな罪を犯しました。どうか私に罰をお与えください。そしてその世話係たちには、どうかお情けを」

「……高易、そのように……言わずとも」

碧成の言葉は随分と気弱だった。

彼はこの蘇高易には弱い。なぜなら彼こそが碧成最大の後ろ盾《だて》であり、碧成を皇太子とし、そして皇帝に押し上げた人物だからだ。

立太子《りったいし》の折、朝廷内は二つの派閥《はばつ》に分裂し、年長の昌王《しょうおう》を推《お》す声と、皇后の子であり嫡《ちゃく》流《りゅう》である碧成を推す声で割れていた。その時、先帝に碧成を皇太子とさせたのが、この蘇高易である。

「いいえ陛下。婦人の一言で、皇宮の規律をないがしろにされてはなりません。世話係たちが侵入者に気づかず管理が行き届かなかったことも事実です。その罪には相応の罰を与えねばなりません」

「だ、だが——」

「陛下。貴妃様がいらっしゃるこの場で、陛下にお尋ねしたき儀がございます」

「な、なんだ」

「陛下への上奏文《じょうそうぶん》を——貴妃様がご覧になり、回答の素案を作られているとか」

部屋中にざわめきが広がった。

「まことでございますか」

碧成は隠し事が見つかった子どものような顔をしている。

「それは…………余の体調が優れなかったので…………」

「皇帝の務めを、妃にお任せになるとは」

「いや、しかし、最終的にはもちろん、余が——」

「陛下！」

厳しい声に、碧成が身を竦《すく》めた。

心の中で雪媛は舌打ちした。

（目障《めざわ》りな男だ——）

蘇高易は、金にも地位にも女にも興味を見せなかった。彼は真に公僕であり、皇帝の一臣下としての姿勢を崩さない。称賛に値する士大夫《したいふ》と言ってよかった。だがそうであればあるほど、雪媛にとっては厄介《やっかい》な存在だった。

（陛下の信頼も厚い。不正のひとつも見当たらないから弾劾《だんがい》する隙もない。そしてこの流れでこの発言――。私は陛下の寵愛《ちょうあい》をよいことに好き勝手に振る舞い政治にまで口出しする、愚かな女に成り下がってしまった）

「我らは、陛下の臣でございます。陛下のお言葉に従います。それが、陛下ではなく貴妃様のお言葉であったとなれば、これは君臣の関係を揺るがすものでございます。ひいてはこの国の根幹を揺るがすこと」

「大げさではないか、そんな……」

高易の強い視線に射すくめられ、碧成は口を噤んだ。

「陛下はこの瑞燕国《ずいえんこく》の皇帝、天子でいらっしゃいます。左様でございますな？」

「そ、そうだ」

「では、上奏文への回答は、どなたがすべきですか」

「…………余だ」

高易は頷いた。そして雪媛に視線を向ける。

「貴妃様が陛下の御身《おんみ》を案じるは当然のこと。しかし、後宮の妃であれば政《まつりごと》に口を出すはご法度《はっと》。陛下のためを思えばこそ、今後そのような振る舞いはお控えください」

「——もちろんです大人。陛下のお役に立ちたいと願うばかりに、つい出過ぎた真似をしてしまいました」

雪媛は碧成に向けて頭を垂れる。

「陛下、これもまたわたくしの罪。どうか罰してください」

「雪媛……」

碧成は困ったような、心細いような表情を浮かべる。そして高易と雪媛の顔を交互に見比べて、気落ちした口ぶりで言った。

「では——柳貴妃は碌《ろく》を三月《みつき》分返上せよ」

「かしこまりました」

「それでよいだろう、高易」

「……は」

碧成は立ち上がった。

「さぁ、これでこの話は終《しま》いだ！」

そしてそのまま退室していく。その後ろ姿を見送り、雪媛は立ち上がった。

高易に軽く礼をして通り過ぎる。

この男を、早々に排除しなくてはならなかった。皇帝に影響を与えられる存在は、一人でいいのだ。


釈放されてきた鄭を、青嘉と江良《こうりょう》が出迎えた。

「大丈夫か、鄭」

「平気やき——です」

江良が笑った。

「いいよ、俺たちの前では言葉遣いは気にするな。——それより、お前を待っていた人がもう一人いるんだが……」

そう言う江良の後ろから姿を現したのは、芳明だった。鄭はぱあっと表情を明るくする。ところが芳明は険しい表情でつかつかと鄭の前に進み出ると、思い切り手を振り上げた。

ばちん、と大きな音を立てて、平手打ちが鄭の頬に命中する。

「どれほど雪媛様にご迷惑をかけたと思ってるの！　またこんなことをしでかしたら、ただじゃおかないわよ！」

それだけ言って、芳明はくるりと背中を向けて行ってしまった。

ぶたれた頬を摩《さす》りながら、鄭はぼんやりとその後ろ姿を見送る。

「……あー、まぁ、あまり気にするな。お前を引き取った時点で、雪媛様はこれくらいのことは許容範囲のうちだったはずだから」

江良が慰《なぐさ》めの言葉をかけ、ぽんぽんと肩を叩く。しかし、瑯が突然涙を目にいっぱい浮かべ始めたので、江良はぎょっとした。

「お、おい」

「……嫌われてしもうたがやろか」

大粒の涙がぼろぼろと頬を伝っていく。

「うぅー」

泣きながら膝《ひざ》を抱《かか》えて蹲《うずくま》ってしまった瑯に、江良は呆れたように頭を掻いた。

「若いどころか、随分と幼いな……」

「仕方ない。これまでほとんど人と関わってこなかったんだ」

青嘉はそう言ったものの、このでかい図体の青年をどうしたものかと考えあぐねた。

「よし、わかった」

江良がそう言ってぽんと手を叩く。

「若人《わこうど》たちよ、この江良が女について教えてやろう」

「……は？」

怪《あや》しげな笑みを浮かべる江良に、青嘉が首をひねった。

「今夜、妓楼《ぎろう》に繰り出すぞ！」

江良は拳を握りしめて目を輝かせると、屈《かが》み込んで瑯と肩を組んだ。そして囁くように耳元で話しかける。

「瑯、何も芳明だけが女ではない。都には美しい女子《おなご》が溢《あふ》れている。お前の初恋など取るに足らぬものだったと思わせてやるぞ」

「……？」

まだぼろぼろと涙をこぼしている瑯は、訳がわからないようだった。

「おい江良、それは──早いだろう、瑯には」

「いいや。そもそも女というものを知らねば女を口説くことなどできないのだ。お前だって、獲物を狩るならその獲物の習性や、好きなものを把握するだろう？」

こくりと瑯が頷く。

「そう、そういうことだ。つまりこれはお前の得意な狩りと同じなのだ。芳明が好きなんだろう？　芳明に笑顔を向けてもらいたいだろう？　喜ばせてやりたいよな？」

こくこく、と素直に瑯は頷き続ける。

「ならば女というものを──いいか、動物の雌ではなく、人間の女というものを、だ。探求しに行こうではないか！」

　こくこくこく、と真顔で頷くばかりの瑯を、青嘉は不安な心持ちで見つめた。

「江良、それは……」

「お前もだ、青嘉！」

「は？」

「今夜は非番だな？　よし行くぞ！」

「いや、俺は——」

「何より、お前がいたほうが絶対女たちの受けがいい！」

「……なんだそれは」

「お前はいつも何だかんだと理由をつけてこういう遊びには付き合わないからな。今夜こそは逃がさないぞ。それにお前も、瑯が心配だろ？　ついてくるだろ？　ん？」

　青嘉は渋面を作った。

「……瑯のために、同席するだけだ。それ以上は何もしないぞ」

「よしよし、それでいい！」

「それから、このことは——」

「わかってるわかってる、雪媛様には言わない。そこから芳明に話が漏《も》れれば、瑯への当たりが一層きつくなりそうだからな！　それではこいつが可哀想だ」

　上機嫌の様子の江良に、青嘉はため息をついた。


　都の色街はいつでも人で溢れている。客は大抵、下級官吏《かんり》や商人、科挙《かきょ》合格者などだ。上級官吏は自邸に家妓《かぎ》を召し抱えているので、こういった場に来る必要がないのだ。

　江良の行きつけという妓楼の門を潜《くぐ》ると、どこからともなく漂ってくる白粉《おしろい》や香の匂《にお》いに辟易《へきえき》した。江良は慣れた様子で馴染《なじ》みの女の名を告げる。部屋に通され、卿は物珍しげにきょろきょろと辺りを見回していた。

「そんなによく来ているのか？」

　たまにだ、と江良は答える。

「ここの女たちの芸事の技術は、馬鹿にできないぞ。舞に唄《うた》、詩歌《しいか》に音曲《おんぎょく》、どれも素晴らしい。士大夫たるもの、こうした風流を嗜《たしな》むものさ」

「俺が言うことではないが……身を固めないのか？　お前なら縁談は多いだろう」

「俺はもうしばらく自由を満喫したいね。――ああ、来た来た」

　やってきた女はそれぞれ、濤花《とうか》と玄桃《げんとう》と名乗った。

「まぁ江良様、お連れがいるなんて珍しいこと」

「私の弟分だ。青嘉と瑯。こういう場所には慣れていないから、いろいろと教えてやってくれ」

「あら、二人ともいい男ですこと。いくらでも教えて差し上げますわ」

「いや、俺は――」

結構だ、と言おうとして江良にすぱんと頭を叩かれる。

「こういう場でそういった盛り下がることを言うな。ほら、酒を飲め」

玄桃が艶《つや》っぽい視線を青嘉に投げかけながら、酒を注ぐ。仕方なく、ぐいと飲み干した。

江良から瑯の話を聞いた濤花は、ふむふむと頷いた。

「――では、瑯様は片想い中ですのね」

うら若い玄桃に比べていくらか年嵩《としかさ》の濤花は、恐らくこの妓楼の中での古株で玄人《くろうと》の域なのだろう。心得たように話を聞いている。

「そうなんだ。今日は手ひどく頬をぶたれていたが、諦《あきら》められないらしい」

「微笑ましいお話ですねぇ。その女の方の、どんなところがお好きなのかしら？」

瑯は飲み慣れていない酒に頬を朱に染め、少しとろんとした目をしていた。

「……綺麗やった」

するとと、ぼろぼろと涙を流し始める。

「お、おい鄒」

「怒っちょったが……そん時も綺麗やったなぁ……」

大きな背中をしょげたように丸めてしくしくと泣いている鄒を、濤花は優しく慰める。

「こいつ、泣き上戸《じょうご》か？」

「酒も初めて飲むだろうからな……」

「濤花、舞をひとつ頼む」

江良に言われて、濤花と玄桃は立ち上がった。

濤花が琴《こと》を奏《かな》で、玄桃が舞い始める。確かに江良の言う通り、二人ともその技量は素晴らしかった。特に琴については、青嘉自身が嗜んでいるだけにその力量がわかった。

（最近、あまり弾《ひ》くこともないな……）

以前は雪媛が時折、演奏を命じることがあった。彼女はただその音に耳を傾けるだけのこともあったが、気が向けば合わせて舞を舞った。

ところが最近は、そんなこともない。それどころか、青嘉に視線を向けることも少なく、二人だけになることも滅多《めった》になかった。

（あの日から……）

青嘉の記憶に間違いがなければ、珠麗《しゅれい》にあの簪が届けられた日からだ。以来雪媛は、意図的に青嘉を遠ざけている気がした。

舞を舞う玄桃の姿に、雪媛が重なる。

（皇帝の前では、舞を舞うこともあるのだろう）

今夜も、彼女は皇帝のもとへ行っているかもしれない。もちろん、舞を舞うだけではないだろう。

この妓楼で女が体を売るように、碧成にその身を委《ゆだ》ねているはずだ。

青嘉は思わず立ち上がった。

江良が「どうした？」と尋ねる。

「……酔いが回ったから、覚ましてくる」

部屋を出ると、他の部屋からは嬌声《きょうせい》や歌声などが漏れ聞こえてくる。

（今更だ。これまで何度、あの人が他の男の部屋へ行くのを見てきたか）

人気《ひとけ》のない中庭に出ると、空を見上げた。

今夜は曇っていて、月は出ていない。

自分が死んだ、最期《さいご》の瞬間を思い出す。皓々《こうこう》と輝く月だけを見上げていた。

（穆潼雲《ぼくどううん》の名を最初に知ったのは、雪媛様が死に、幾度目かの戦《いくさ》から戻った時だったはずだ。しばらく都から遠ざかっているうちに、あの男はいつの間にか、大きな力を持つようになっていた――）

それもすべて、独芙蓉と、彼女が産んだ皇子の後ろ盾があったからだ。

青嘉の知る歴史では、雪媛亡き後に寵姫《ちょうき》としての地位を確立した芙蓉は男の子を産み、その子が次の皇帝となった。芙蓉の一族が外戚《がいせき》として力を振るい、安皇后は生涯、身を潜《ひそ》めるようにひっそりと暮らして亡くなった。

他の妃嬪《ひひん》を追い落とすために、芙蓉が使ったのが潼雲だ。あらゆる策略をめぐらせて、芙蓉以外の女を排除していった。やがて朝廷にも影響力を持つようになり、仙騎軍の大将として歴代皇帝の傍《そば》近くに侍《はべ》った。

（だが独賢妃は、今や幽閉《ゆうへい》の身――あの歴史とは違う未来になるはずだ）

実際、雪媛は現在、唯一無二《ゆいいつむに》の寵愛を受けている。

そう思った瞬間、今この時も碧成の腕の中にいるのかもしれないと想像してしまい、青嘉は頭を振った。

雪媛は碧成を利用しているだけのはずだ。今はその権力を背後から操り、自分がその座に着くために毒を盛り、彼の体調すらも掌《たなごころ》の中にある。

それでも、夫婦として過ごす日々の時間が、少しでも彼女に愛情を抱かせないと言えるだろうか。

碧成の雪媛への想いは本物だ。そんな気持ちを向けられ続けて、何も感じないということがあるだろうか。雪媛という人の根幹は、情に厚く優しい、と思う。碧成にひたむきな想いを寄せられ、夜ごと褥《しとね》をともにしていれば、彼女も――。

「青嘉様、大丈夫ですか？」

声をかけられ、はっと顔を上げた。追ってきたらしい玄桃が、心配そうな表情を浮かべている。

「ご気分が悪いのですか？　随分と険しいお顔をなさってますわ」

「……いや、大丈夫だ」

「お戻りが遅いので、江良様が様子を見に行けと。水をお持ちしましょうか」

「いや、いい。俺はもう帰るから、そう江良に伝えてくれ」

「え――」

立ち去ろうとする青嘉の腕に、玄桃が両手を絡《から》ませる。

「まだ夜は長いですわ。どうかゆっくりなさってください」

「いや、明日も早い」

「そうおっしゃらずに……」

ひたと身を寄せた玄桃から、香の匂いが流れてくる。雪媛の香に似ている、と気づいた。

「わたくしの部屋に参りませんか？」

誘うように微笑む。

雪媛もよく、そんなふうに笑った。それは本気ではなくて、青嘉をからかっているだけだったが。

「何か思い悩んでいらっしゃるご様子。……どうか、しばしすべてを忘れられませ。ここはそういう場所でございます」

真っ赤な紅《べに》を引いた唇が淫靡《いんび》に囁く。青嘉は目を背《そむ》けた。

「………悪いが」

「――よくやった、潼雲」

中庭を横切る回廊の向こうから、二人の男が歩いてくるのが見えた。

一人は潼雲、そしてもう一人は、独芙蓉の父、独護堅だった。

酒が入っているらしい護堅は上機嫌だった。その護堅に付き従う潼雲が、恐れ入ります、と頭を下げている。

「明日の朝議を楽しみにしていろ」

「はい。――おい、誰か輿《こし》を用意せよ。旦那《だんな》様がお帰りになる」

気になって、青嘉は二人の後を追おうとする。

「青嘉様？」

玄桃が腕を引いたが、青嘉は振り払った。

「すまない、江良たちのところへ戻ってくれ」

そう言って気づかれないよう、潼雲たちを追った。門前で、用意された輿に乗った護堅を見送っている潼雲の姿をそっと窺《うかが》う。

(帰ったか……もっと早く気づいていれば、何を話していたか探れたのに)

「おい、青嘉！」

「うわっ」

背後から抱きつかれ、青嘉は声を上げた。酔っぱらった江良が、背にのしかかってくる。

「何してるんだー？　早く戻ってこいよー。お前と琴の二重奏がしたいと、濤花が待ってるぞー」

「ちょ、し、静かに……」

「んー？」

潼雲がこちらを振り返った。目が合い、気づかれた、と焦《あせ》る。

すると江良も潼雲に気づき、手をぶんぶんと振った。

「おお、君は確か──新入り君！」

潼雲はぎょっとして後退《あとじさ》りした。逃げるべきかどうするか迷うように、周囲を見回す。

「なんだ、君も遊びに来ていたのか！　一緒に飲もうじゃないか！」

「いや、自分は、もう帰るところなので──」

「いいからいいから！　おごるよ！　ほら、夜はこれからだ！」

「……あぁ、残念です。よく知らない人におごってもらってはならないというのが、死んだ祖母の遺言でして」

「大丈夫だよー、おばあさんにあの世で会っても黙っておくからぁ！」

「……いや、本当に残念です。妓楼で朝まで過ごしてはならないというのが、死んだ祖父の遺言でして」

「ここの女たちは病気とかないから安心して！」

「そういうことでは──」

酔っぱらった江良は強引だった。

断ろうとする潼雲を無理やりに引っ張っていく。潼雲は気まずそうな顔で江良と青嘉を見た。芙蓉の父と会っていた現場に雪媛配下の二人が現れれば、警戒して当然だろう。後をつけられていたのでは、と疑心暗鬼になっているに違いなかった。

ただ、そうして慌てている潼雲の様子に、青嘉は妙に微笑ましさを感じた。彼が知っている潼雲は、狡猾《こうかつ》で抜け目なく、内心何かを考えていたとしても表情になど出さない老獪《ろうかい》な人物だった。

（皇宮の影の支配者も、若い頃はまだ物慣れないのだな）

あまり断ると逆に不自然と思ったのか、潼雲はしぶしぶ江良についていった。彼のことが気になった青嘉も部屋に戻ると、瑯は丸くなって眠ってしまっていた。

「あら、いい男がもう一人増えましたわね」

潼雲を見て、濤花が笑った。

「本当にこのお席は、素敵な殿方ばかりで張り合いがありますこと。——さぁ、どうぞお飲みになってください」

「あ、ああ……」

酒を注がれて、潼雲は仕方なさそうに口をつけた。面白そうな表情で江良は潼雲をまじまじと眺める。

「新入り君、ここへはよく来るの？」

「……私は、穆潼雲です」

「ああ、ごめんごめん、潼雲。それで、お目当ての女はいるのかな？　呼んであげようじゃないか」

「いや、ここは——初めてで」

「じゃあ、誰かもう一人適当に呼ぼうか。あ、濤花、青嘉が琴を弾いてもいいって」

「言ってないぞ」

「いいだろう？　潼雲は青嘉の琴、聞いたことあるかい？」

「いや……」

「もったいない！　それなら一度くらい聞いておきたまえ。ほらほら、青嘉」

青嘉は仕方なく、琴の前に腰を下ろした。

演奏を始めると、潼雲の視線を感じた。その憎々しげな視線は、妙に覚えのあるものだった。

（もう嫌われたのか、俺は？　……本当に、何をしたんだろうか）

まだ、大して会話をした覚えもない。

演奏が終わると女たちからわっと喝采《かっさい》が上がったが、潼雲だけは浮かない顔で酒をあおっていた。

「相変わらず見事だねぇ。どうだい、潼雲。無骨なこいつがこんな風流な芸事をするなんて、意外だろ？」

「……名家のご子息であればこそ、やはりこのようなこともお手の物なのですね」

棘《とげ》のある言葉だった。

「私のような下賤《げせん》な者には、琴など触れる機会もございませんでしたゆえ」

そう言ってさらに杯《はい》を傾ける。

「それで、武芸にも秀《ひい》でて、前《さき》の陛下から直々《じきじき》にお褒《ほ》めの言葉をいただくほどの戦功まで──」

「……潼雲？」

潼雲は持っていた杯をどん、と強く卓へ叩きつける。酒が弾《はじ》けるように飛び散った。

「どうせ私は、戦場で何もできずに捕虜《ほりょ》になった間抜けな雑兵《ぞうひょう》です！」

「おいおい、誰もそんなことは言って……」

「わかってるんですよ！　仙騎軍に入れたのだって、私の母が芙蓉様の乳母《うば》だったから、その伝手《つて》で入れてもらえただけで、私の実力など何も関係ないのです！　それに比べてお前は……生まれた境遇に恵まれただけで、何だってできて、手に入って……！」

据わった目で青嘉を睨《にら》みつける。江良は青嘉に、

「こいつ絡み酒なんだな……」

と呟いた。

「不公平だ！　私だって――機会さえあれば！」

ごくごくと酒を飲み干す。

「王《おう》青嘉！」

据わった目でびしっと指をさされ、青嘉はたじろいだ。

「言っておくが、打毬《だきゅう》だって一対一なら俺が勝つ！　剣だって弓だって、一騎打ちなら負けはしない！」

「……そうか」

「信じてないな⁉　……くそ、表に出ろ！　正々堂々と勝負しろ！」

立ち上がろうとした潼雲だったが、すでに足元が覚束《おぼつか》なかった。がくんと腰が砕けて、寝込んでいた瑯の上に倒れ込む。

びくりとして本能的に起き上がった瑯は、周囲を見回して、再び丸くなって泣きながら寝入った。

「おい――大丈夫か」

手を差し出した青嘉を、潼雲は涙目で睨みつけた。

「うるさい！　お前なんか……お前なんかっ……」

くぐもった声でそう漏らし、体を丸めて泣きだした潼雲を、江良が優しく宥《なだ》めてやる。

「そうかそうか、お前も辛《つら》いんだな」

「うう……方向音痴のくせに……」

どんどん、と拳を床に打ちつける。

「そうだな。うんうん。ほら、飲め飲め。嫌なことなど忘れてしまえ」

潼雲は勧《すす》められるがままに酒を飲みほしていく。青嘉が心配すると、うるさいとはねつけられた。

やがてすっかり酔っぱらった潼雲は、突《つ》っ伏《ぷ》して動かなくなった。

「……思ったより面白いやつだったな」

江良がその寝顔を眺めながら笑った。それなりに酔っても、眠り込んだり記憶を失ったりということは絶対にないのが江良だった。

「独芙蓉の子飼いだからと用心していたが、可愛げのあるやつじゃないか。それにしてもお前、嫌われてるなぁ」

「そうだな……」

「まぁ、そこまで嫌うってことは……それだけ気になる存在、ある意味好きの裏返しというか」

「好き――とは違うだろう」

「愛憎は表裏一体だ」

青嘉は眉を寄せた。実質的に、潼雲に殺されたことがある身なのである。

「さっき、ここで潼雲が会っていたのは独賢妃の父、尚書令《しょうしょれい》だ。『よくやった』『明日の朝議を楽しみにしていろ』……と話しているのが聞こえた」

「明日の朝議は荒れそうだな。貴妃様に一言お伝えしておこう」

さて、と江良があくびをする。

「私は泊まっていく。卿も起きないみたいだし。——おーい、潼雲、どうする？　朝までいたらだめって、おばあさんの遺言なんだろ。あれ、おじいさんだっけ？」

ゆさゆさと肩を揺さぶると、潼雲は僅《わず》かに瞼《まぶた》を開けた。青嘉がその腕を掴んで引っ張り上げる。

「立てるか？　帰るぞ、家はどこだ」

「…………触るな」

青嘉の手をはねのけようとするが、力が入らずよろよろとする。腕を肩に回して支えてやると、青嘉は江良に別れを告げて妓楼を出た。

「……お前なんか……」

潼雲は目を閉じたままふらふらと歩きつつ、まだぶつぶつと青嘉に悪態をついていた。

「しっかりしろ。こっちでいいのか？」

「……こっち」

力なく指さす。

すでに都は寝静まっていた。時折、街角の夜店の明かりがぼんやり浮かんでいる以外は暗く、自分たちの足音がよく聞こえた。

ようやく辿《たど》り着いた潼雲の家の戸を叩く。中から出てきたのは若い娘で、青嘉にもたれかかっている潼雲を見て「兄さん！」と声を上げた。

「遅いと思ったら飲んでたの？」

「すまない、友人が無理やり酒を勧めて……」

「ご迷惑をおかけしました。ほら兄さん、起きてよ」

「うー……」

「中まで運ぼう」

「すみません」

粗末な寝台に潼雲を横たえると、娘が礼を言って頭を下げた。

「お世話になりました。私は妹の凜惇《りんとん》です」

「王青嘉だ。潼雲と同じ仙騎軍の者だ」

「あ、この間の打毬の試合に、出ていましたよね？」

「ああ……来ていたのか」

「はい、兄の晴れ姿を見に！　陛下の御前試合で選手に選ばれるなんて、こんな光栄なことはありませんもの。陛下からもお褒めいただいて、夢みたいでした！」

その心底誇らしげで無邪気な様子に、青嘉は微笑んだ。

「そうだな、兄上の腕前は見事だった」

「でも、兄さんったらあんまり嬉しそうじゃなかったけど……試合に負けたのが悔しいんですって。本当、すっごく負けず嫌いなんですよ」

「そうか……」

「あ、ごめんなさい、おしゃべりしてしまって。兄のお友達に会うの、初めてで」

（友達……ではないが）

「そうか」

あえて訂正はしないでおくことにする。

凜惇は肩を竦《すく》めて、眠っている兄の顔を眺めた。

「昔から、友達が少ない男なんですよ。私が言うのもなんですけど、実際優秀でなんでもできる人なんだけど、角が立ってしまうというか……そういうとこは不器用で。人とうまくやるのは下手《へた》くそなんです。だから、これからも仲良くしていただけると嬉しいです。もうすぐ私も家を出るので心配だったんですけど、皇宮ではうまくやってるみたいで安心しました」

「家を出る？」

少し恥ずかしそうに、凜惇は頬を染めて笑った。

「結婚するんです、来月」

「そうか。それは、おめでとう」

「ありがとうございます。両親ももういないし、兄の身の回りの世話は私がしてきたから、一人にするのが不安で。たまに様子を見に来ていただけると助かります。――あ、お嫁さんになってくれそうな人がいたら是非紹介してやってください」

青嘉はくすりと笑う。

「……わかった」

凜惇に見送られて潼雲の家を後にした青嘉は、雲間から顔をのぞかせた月を見上げた。

死の間際《まぎわ》に見たのと、同じ月だった。

四章

雪媛《せつえん》が華陵殿《かりょうでん》に入ると、碧成《へきせい》が机の脇に膝《ひざ》を抱《かか》えて座り込み、背中を丸めているのが見えた。その姿を見て、何かあったのだと悟る。

今朝、江良《こうりょう》から急ぎの文《ふみ》が届いた。朝議《ちょうぎ》で問題が起きる可能性がある、と記してあったが詳しい内容はわからない。

「陛下《へいか》」

肩を叩くと、碧成は顔を上げた。

ぎょろりと飛び出すような目のついた大きな面が、こちらを見上げる。

「――っ！」

雪媛は一瞬息を呑んだが、瞬《まばた》きをすると噴き出した。

その様子に、面を外した碧成が無邪気に笑みを浮かべる。

「驚いたか？」

くすくすと笑いながら、雪媛は頷《うなず》いた。

「はい。随分《ずいぶん》と懐《なつ》かしいものを被《かぶ》っていらっしゃいますね」

「覚えているか」

「もちろんです。……陛下に初めてお会いした日も、これを被っていらっしゃいましたね」

「うん……」

十五歳だった碧成が、祭り用の面を被って膝を抱えていた姿を思い出す。父である先帝から厳しい叱責《しっせき》を受けて落ち込み、皇宮《こうぐう》の庭で一人、隠れるように蹲《うずくま》っていた。

その寂《さび》しそうな姿に、皇子だとは思わず声をかけた。その時は――なんの意図もなく。

「……何か、ございましたか？」

「……高葉《こうよう》の軍が国境付近に現れたと報告があった。かなりの大軍だ。檀《だん》将軍を向かわせたが……」

「では、戦《いくさ》になるのですか」

「そうだな……だが、安心せよ。都まで敵が攻め入るようなことにはならないと、皆申しておる」

「左様《さよう》でございますか」

「それから……」

碧成は面を床に置くと、打って変わって暗い表情を浮かべた。言い淀《よど》んでいる様子に、こちらが本題なのだろう、と雪媛は言葉を待つ。

「そなたの一族である、柳弼《りゅうひつ》の不正が明らかになったのだ。献上品の横領《おうりょう》に、不当な収奪と賄賂《わいろ》……証拠も揃《そろ》っている。高易《こうえき》は流刑《るけい》にせよと言うし、すぐに死罪にすべしという声も多い」

柳弼、という名を頭の中で探し出す。先日街で見かけた、態度の大きな女の夫の名だ。

「そなたの一族を罰することはしたくない。そなたを皇后《こうごう》に、という意向を示したばかりだというのに……反対していた者たちが、これを理由にさらに声を大にするだろう」

「蘇大人《そたいじん》は、何と？」

碧成はため息をつく。

「高易は、燦国《さんこく》の公主《こうしゅ》を新たな皇后に迎えるべきだと言っている。燦国と同盟が成れば、武力を用いずとも一国を手中に収めることができるし、他国への包囲網を築くことになる。かの国では、幼帝が擁立《ようりつ》されたと聞く。その姉である公主と婚姻せよというのだ」

「燦国の、公主……」

同じ異民族にしても、敗者であり滅亡した国の女と、現在も覇を唱える国の公主では扱いが違う。実際、隣国と戦が始まった今、その婚姻には確かに意味があるだろう。そして、前《さき》の皇后《こうごう》が毒殺されたことを知る重臣たちとしては、自分の娘を次の皇后にとはおいそれと言いだせない。外から皇后を迎えるというのは、誰にとっても納得しやすい選択だ。

（柳家が失脚すれば、私を皇后にという声は弱まる。燦国公主との縁談話には追い風だ……潼雲《どううん》が調べ、それを尚書令《しょうしょれい》が糾弾《きゅうだん》し、高易が乗ったか）

碧成は雪媛の手を取り、優しく笑った。

「案ずるな。余はこの話を進めるつもりはない」

「……わたくしは陛下のお傍《そば》にいられれば、それで十分幸せでございます。陛下さえ、わたくしを真の妻と思ってくださっておいでならば、皇后が誰であっても構いません」

「雪媛」

「燦国の公主を迎えることができれば、それは……陛下にとっては大きな力になるでしょう」

雪媛はことさら憂《うれ》いを帯びた表情を浮かべて、そっと俯いた。

「そんなことを言わないでくれ、余の気持ちはどうなる！」

子どものように、碧成は言い募《つの》った。

「もし他の皇后を立てたとしたら……そなたが皇子を産んだとしても、嫡出《ちゃくしゅつ》でないとして世継ぎにすることもできないのだぞ」

「子が生まれれば、望むのはただ、健《すこ》やかに育つことだけですわ」

「後宮《こうきゅう》がどんなところかわかっているだろう？　余の兄弟が、幾人命を落としたか！」

先帝の子で生きている男子は碧成を含めて四人だ。しかし実際には十人近くの皇子がいた。そのほとんどが幼い頃に命を落としていたし、流産した妃《きさき》も多かった。

「側室の子の命は軽い。兄上たちが生き残ったのは運がよかっただけだ。……余はもう、兄弟たちを失う様を見たくはない。そなたが平隴《へいろう》を我が子のように可愛がってくれて、余は安心しているのだ。自分の子が――余とそなたの子が殺されるようなことは、絶対に嫌だ」

「陛下……」

「だからそなたを皇后にしたい。雪媛がいれば、余は他の女子《おなご》などいらぬ」

碧成に抱き寄せられ、雪媛は身を預けた。

「雪媛」

不安そうな声音で、名を呼ばれる。

「ずっと傍にいてくれ」

「……陛下」

「もう誰にも、そなたを害するようなことは絶対にさせない。必ず、守ってみせる」

強く抱きしめられながら、雪媛は複雑な気分だった。碧成は以前より随分《ずいぶん》と痩《や》せた。度《たび》重《かさ》なる体の不調は、確実に彼を弱らせている。

(私を守る？　……私があなたに毒を盛っているのよ)

見上げると、愛《いと》おしげな瞳が雪媛に注がれていた。その真っ直ぐな瞳に耐え切れず、雪媛は俯いた。

足早に琴洛殿《きんらくでん》へ戻ると、雪媛はすぐに芳明《ほうめい》と青嘉《せいか》を呼んだ。

「江良に伝えて、不正の証拠とやらを確認させろ」

「かしこまりました」

「それから青嘉、出かけるから支度《したく》せよ」

「どちらへ」

「柳家の本宅だ」

琴洛殿を出る時、警備に当たっていた潼雲と目が合った。彼はすぐに目を伏せ、ただ頭を下げる。雪媛は何も言わなかった。

いつものように市井《しせい》の女を装《よそお》い皇宮を出ると、都にある真新しい邸宅へと向かった。雪媛の父の従兄弟《いとこ》にあたる、現在の柳一族の主《あるじ》、柳原許《げんきょ》の屋敷だ。

雪媛を出迎えたのは尚宇《しょうう》だった。表向き、今はここで仕《つか》えている。

「雪媛様！　突然おでましとは、どうなさったんです」

「原許は？」

「いらっしゃいますが――」

無言で中へ入ると、使用人たちが驚いて頭を下げた。雪媛は勝手に屋敷の奥へ奥へと進んでいく。

その先から、哀願する声が響いてきた。

「どうかお助けくださいい叔父上《おじうえ》！　この程度のこと、誰もがやっているではありませんか！　私が告発されたのは、我が一族の権勢を妬《ねた》んでのことに間違いありません！」

奥の間で、原許の傍《かたわ》らに男女が跪《ひざまず》いているのが目に入る。

「主人の申す通りです。柳貴妃《きひ》様を皇后にさせまいと、難癖《なんくせ》をつけているのです！」

女の顔には不愉快にも見覚えがあった。ということは、横の男が柳弼だろう。

つかつかと入ってきた雪媛に驚いた原許は目を見開き、あたふたと礼を取った。

「貴妃様！」

弼とその妻は飛び上がり、慌《あわ》てて頭《こうべ》を垂れた。

「貴妃様、まさかおいでいただくとは――」

雪媛は何も言わずに、部屋の中を検分するようにじろりと眺めた。そして冷たい口調で

一言、

「ごてごてと飾り立てた、けばけばしい部屋だな」

と呟《つぶや》いた。

「……此度《こたび》は、貴妃様にご迷惑をおかけし、まことに面目《めんぼく》次第もございません」

「……それで？」

「貴妃様、どうか陛下におとりなしください。このままでは、弼はよくて配流《はいる》、あるいは斬首。これでは貴妃様のお立場が悪く――」

雪媛はしばらく身動《みじろ》ぎもしなかった。

やがて無言のまま原許の前に立つと、おもむろに右手を振り上げた。扇《おうぎ》が一柄《ひとがら》握られている。

鋭い音を立てて、扇が原許の頬を打った。女が身を竦《すく》め、僅《わず》かにひっと声を上げる。

雪媛の表情はひどく冷静だった。

「……せ、雪媛様」

原許が呆然《ぼうせん》と呟《つぶや》く。

ぱん、ともう一度扇が振り下ろされた。原許は震えて身を縮ませる。

「ま、まことに申し訳ございま――」

「随分と立派な屋敷だな、原許」

　感心したように部屋の中を眺めまわす。

「どこからそんなに金が湧いてくる？」

「そ、それは――」

「その地位につけてやったのは誰だ」

「……………貴妃様にございます」

「奪われ蔑《さげす》まれ惨《みじ》めに暮らすしかなかった我ら尹《いん》族が、こうして生き永らえていられるのは誰のお蔭《かげ》か？」

「……もちろん、貴妃様のお蔭でございます」

「何のためか？」

「それは――もちろん、我が祖国再興の――」

　さらにもう一度、扇が頬を打つ。

「き、貴妃様、甥《おい》の不始末はわたくしの責任でございます。貴妃様にまで事が及んだ責めは、この原許の命で償《つぐな》います！　――ですが柳一族の名に傷がつけば、お困りになるのは貴妃様でございます。ここはなんとしても陛下にお許しをいただかねば……！」

「青嘉」

話を遮《さえぎ》るように、雪媛が声を上げる。

「はい」

「剣を貸せ」

雪媛が促《うなが》すように右手を伸ばすと、青嘉は腰の剣をすらりと抜いた。ずしりと重いそれを手に取ると、縮こまっている女に冷たい視線を向ける。

女は顔を引きつらせ、息を呑んだ。

「き、貴妃様」

雪媛は両手で剣を握ると、躊躇《ちゅうちょ》なく右から左へ大きく振った。

刃はぶんと音を立てて女の頭の少し上を通過する。弾《はじ》けるように、高く結った髷《まげ》が飛んだ。ばさりと短い黒髪が顔に散る。

女は凍りつき、そして真っ青になるとがくがく震えだした。

ざんばら髪の女の姿を見下ろしながら、剣をだらりと下げた。

「ああ、剣は重いこと。わたくしの細腕には支えきれぬ。疲れてきたから、二度目は今よりもっと下に当たるだろう」

「お、お許しを……！」

「その頭では、当分外を出歩けまい。――その口で二度とわたくしの名を語るな」

女は恐怖にますます身を縮め、こくこくと頷いた。

その横の弼を見下ろす。雪媛の瞳は愉悦《ゆえつ》にも似た光を放っていた。

「お前は……髷では済まぬな」

男は竦《すく》み上がり、ぱっと雪媛の裾《すそ》に縋《すが》りつく。

「ど、ど、どうかお許しください、貴妃様！　すべては、我が柳一族を思って――」

「貴妃様、どうかおやめください！　我ら一族が結束せねば、尹族の未来はございません！　このように内輪で揉《も》めていては、敵の思うつぼでございます！　これはやつらの計略なのです！」

原許が二人の間に割って入り、跪いて頭を下げた。

その時脳裏に浮かんだのは、玉瑛《ぎょくえい》だった頃に見た、剣を向けられ命乞いをする母の最期《さいご》の姿だった。

娘を差し出すから自分を助けてくれと、浅ましく哀願する惨めな背中だ。

ぎりりと唇を噛んだ。

音を立てて剣を放り出す。

雪媛は何も言わず彼らに背を向けると、部屋を出た。

「――雪媛様！」

尚宇が後から追ってくる。

「雪媛様、お待ちください！　雪媛様――」

雪媛は足を止めた。回廊の拭《ふ》き掃除をしている若い娘の姿が目に入った。その向こうには、庭で水汲《みずく》みをしている男がいる。

「雪媛様！　弼様のこと、なんとか穏便に済ませなければなりません。陛下はどのようにお考えで――」

「尚宇」

「は、はい」

「この屋敷の使用人は、尹族ではないようだな」

「え――ええ、そうです。都で奴婢《ぬひ》を買い入れました」

「……ここの仕事は、そんなに危険なものなのか？」

「え？」

腕まくりした娘の腕には、最近できたと思《おぼ》しき無数の傷痕《きずあと》が走っていた。男は右足を引きずっており、額《ひたい》に大きなあざが見える。

雪媛はそれ以上何も言わずに、屋敷を出た。追ってくる尚宇の声は無視した。

人通りの多い市街へと出ると、合間を縫うように黙って歩いた。青嘉が何も言わずについてくる。

今すぐにでも、あの屋敷にいる尹族全員をこの世から消してしまいたかった。

そしてそれができないことがわかっているから、なおさら腹立たしかった。尹族は柳雪媛にとって、守りたいものであると同時に、絶対に裏切ることのない後ろ盾なのだ。要職につけ、勢力を増してきた彼らが、いずれ自分の政権の基盤となる。切り捨てることはできない。

「雪媛様」

「…………」

「雪媛様！」

腕を掴まれて、雪媛ははっと足を止めた。

いつの間にか川辺まで辿《たど》り着いていて、随分と長い間考え込んだまま歩いていたのだ、と気づく。

「あまり遠くまでお行きになると、日暮れまでに戻れません」

「……わかってる」

まだ、皇宮へは戻りたくなかった。歩き疲れ、川辺の岩に腰かける。清流を眺めながらも、風景は一向に目に入ってこない。

（私が守ろうと――救おうとしたものは、何だ）

縄に繋がれ引っ立てられた人々、無残に殺される同胞――玉瑛だった自分が見た尹族の姿は、もうここにはない。それでいいはずだった。

（でも――）

傷を負った使用人たちの姿が浮かんでくる。

まるで、鏡で反転した世界を見ているようだった。

（柳雪媛が――力を持ったから）

「雪媛様」

突然、青嘉の影が視界に入った。何かがぎゅっと口の中に押し込まれる。

「――っ」

甘酸っぱい味が口に広がる。雪媛は目をぱちぱちとさせた。

「毒見済みですので、ご安心ください」

そう言って横に座った青嘉は、手に持った包みから山査子《さんざし》の砂糖漬けを取り出すと、自分の口にも放り込む。

「……どうしたんだ、これ」

「さっきそこに山査子売りがいたので、買いました」

「お前、山査子がそんなに好きだったか？」

「そういうわけではありませんが。……空腹は人の気持ちを乱します。だから戦場では食糧の確保が第一です。江良も昔からよく、甘い物がないと頭が働かないと言っていました」

　自分に向けられた青嘉の目がすべて見透かすようだったので、雪媛は視線を落とした。黙って咀嚼《そしやく》すると、確かに気分が落ち着いてくるのがわかった。

　何か食べれば落ち着くなんて子どものようだと思ったが、玉瑛だった頃、お腹《なか》いっぱい食べることができず常に気持ちが飢えていた。そんな時、先生と呼んでいた老人のもとで甘い物を口にすると気持ちが和《やわ》らいだのを思い出す。

「……もうひとつ」

　そう言うと、青嘉が包みから次の山査子の実を取り出して渡そうとする。それを雪媛は、青嘉の指に噛みつくようにぱくりと口で受け取った。

「……っ」

　驚いたように手を引く青嘉に、雪媛は意地悪く笑った。青嘉は眉を寄せて息を吐くと、包みを差し出す。

「……ご自分でお取りください」

「手がべとべとになるから、嫌だ」

「……………」

「妓楼《ぎろう》に行ったんだろう？　これくらいの遊びもしなかったのか？」

「私は瑯《ろう》が心配で付いていっただけで――」

はたとして青嘉が口を噤《つぐ》む。

「何故《なにゆえ》、ご存じなんですか」

「妓楼で潼雲が独護堅と何やら企《たくら》んでいたと、江良から報告があった。お前が現場にいてやつらに気づいたと書いてあったが」

「……………もうあいつの言葉は信用しないことにします」

「しかし瑯のことは書いてなかったな。今お前が言ったんだぞ」

青嘉は気まずそうに雪媛から顔を背《そむ》けた。

「芳明《ほうめい》には言わないでおいてやる」

「そうしてやってください」

「珠麗《しゅれい》にも黙っておいてやろう」

「……義姉上《あねうえ》は関係ないでしょう」

胸の内に、もやもやとしたものが広がった。

打毬《だきゅう》の試合にやってきていた珠麗を思い出す。青嘉を見る目で、すぐわかった。

（義弟《おとうと》から簪《かんざし》を受け取って、それをつけてきたんだぞ。……そういうことだ）

青嘉さえはっきりと言葉にすれば、すぐにも夫婦になれるだろう。

「柳弼殿の減刑を、陛下に嘆願《たんがん》されるつもりですか」

青嘉が言った。

「仕方がない。証拠が揃っているから無罪とまではいかなくとも……軽い懲罰で済むように口添えするしかない。私の一族を、失脚させるわけにはいかないからな」

「……あなたに初めて仕《つか》えた頃、こうして、あなたと二人で街に出ました」

突然の思い出話に、雪媛は首を傾《かし》げた。

「あの時はちょうど、強盗を働いた尹族が処刑されるのを見ました。覚えていますか」

「…………」

「あなたはこう言いました。『人を殺して物を奪えば罰せられて当然だ。尹族ならそれが帳消しになるとでもいうのか』と」

強い光を湛《たた》えた瞳が、雪媛を射た。

「不正を働けば、罰せられて当然です。尹族なら、それが帳消しになりますか？」

「……今更、私に正道を行けとでも言う気か？　ようやく築きあげた一族の基盤を失うことはできない」

「あなたの目的は、なんですか。尹族だけが繁栄する、自分たちだけに都合のよい世界ですか」

違うはずです、と青嘉は静かに言った。

「あなたは――牢を破るのでしょう」

雪媛は何も言わなかった。

「牢を破るとは――国を創るとは――ここにはいない、見ず知らずの誰かが幸せに生きられる世界を創ることではないのですか。一部の者が権力を笠《かさ》に着て私欲に走り民《たみ》を搾取《さくしゅ》し、上はそれを知りながら咎《とが》めもしない。使用人は人としての扱いを受けずに、気まぐれのようにいたぶられ弄《もてあそ》ばれる。そんな世を、未来に残すつもりですか」

「私が力を失えば同じことだ。私が失脚すれば、一体誰がそんな世を変えてくれる？　何をするにも力と金が必要だ」

「ご自分の一族も律することのできない方が、一国を統率できるとお思いですか」

「――青嘉！」

かっとなって、雪媛は声を上げた。

しばし、二人は互いに睨《にら》み合う。

その時、青嘉の肩越しに、川上から一艘の小舟がやってくるのが見えた。乗っているのは若い男女だ。

雪媛ははっとして、勢いよく青嘉の胸に顔を埋《うず》めた。

「――!?」

「静かに！　……お前も顔をあちらに向けろ。できるだけあの舟から見えないように」

雪媛は声を潜《ひそ》める。

「舟？」

確認しようとする青嘉の頭をぐいと引き寄せて抱えると、川とは反対側を向かせた。

「いいから、人目も気にせず抱き合う馬鹿な恋人同士のふりをしろ！」

「な……」

青嘉は動揺し、どうすればよいかと逡巡《しゅんじゅん》しているようだった。やがてぎこちなく雪媛の背に腕を回してくる。触れるのは最低限、とでもいうようなその遠慮がちな抱き方に、雪媛は惨めな気分になった。

（珠麗なら抱きしめられるのか？）

楽しそうな笑い声が聞こえてくる。それが自分たちの近くを通り過ぎるのを待った。

青嘉の体温を感じながら、じっと、耳を澄ます。

こんなに間近に触れたのはいつ以来だろうか。

やがて声が遠ざかっていくと、雪媛は顔を上げてそっと様子を窺《うかが》った。互いに夢中な男女は、川辺の馬鹿な恋人たちなど目に入らなかったらしい。

「……あれは、環王《かんおう》では？」

青嘉が遠のいていく舟の漕《こ》ぎ手に目を凝《こ》らす。

「さすがに環王では私だとばれるからね。陛下に、私がこんなところにいたと漏《も》れては困る」

言って、青嘉から身を離した。

名残惜《なごりお》しいと思う自分に腹が立った。

「雪媛様、話がまだ――」

「もう言うな」

青嘉に背を向ける。

「――帰るぞ」

夜、琴洛殿にやってきた皇帝は雪媛の部屋に入った。護衛として入り口に詰めている潼雲は、そっと聞き耳を立てる。

「――皆が言う通りに罰せよというのか？」

碧成が驚いたように声を上げるのが聞こえた。

「いいえ陛下、法に則《のっと》り公正な裁きをしてくださいと申しているのです」

「だが、それでは柳弼は流罪になり、そなたの立場は悪くなるのだぞ」

「わかっています。ですが、わたくしのために国の在《あ》り方を歪《ゆが》めてはなりません。陛下は天子でございます。万民に公正であるべきです。戦が起きて不穏な状況の今こそ、正しい裁きを下して臣民に陛下のご威徳をお見せするべきです」

「しかし、このままではまことに燦国の公主を皇后に迎えることになってしまう。余の想いはどうなるのだ」

二人の話を聞きながら、潼雲は思惑《おもわく》通り事が運んだことに快哉《かいさい》を叫びながらも、雪媛の申し出に違和感を持った。

自分の一族の罪など、隠したり温情を求めるのが普通だ。事実、芙蓉の独一族でも当然のごとく不正がまかり通っているが、それが露見しないように金をばらまいたり互いに協力し合ってうまくやっている。芙蓉が碧成の寵姫であった頃は、芙蓉から碧成に頼み込んでもらい罪を逃れた者も多い。

（柳雪媛はしたたかな女であると思っていたが……自分の一族が力を失えば、どうなるかわからないのか？）

潼雲は他の護衛と交代の時間になると、報告のために芙蓉の永楽殿《えいらくでん》へ向かった。扉を開けようとした途端、中から悲鳴が聞こえて、潼雲は驚いた。

「……芙蓉様⁉」

何事かと部屋へ駆け込む。芙蓉の足元に、一人の娘が倒れていた。

芙蓉はその娘に向かって燭台《しょくだい》を振り下ろし、その度に悲鳴が上がった。

「芙蓉様、これは……」

息を呑んで立ち尽くす。潼雲に気づいた芙蓉は、肩で息をしながら疲れたように燭台を放り投げた。

「この女、貴妃の回し者よ！」

娘は頭から血を流し、顔を真っ青にしている。恐怖に顔を引きつらせながら、か細い声で告げた。

「ち、違います……私はただ、お食事をお持ちしただけで……！」

「嘘おっしゃい！　尹《いん》族だと言ったじゃない、あの女と同じ！」

見覚えのない宮女だった。今の永楽殿に、自《みずか》ら配属されることを望む者はいない。恐らく新入りが、役目を押しつけられたのだろう。雪媛が入宮して以来、尹族出身の宮女も増えている。

「毒を入れたのよ！　わたくしを殺す気なんだわ！」

潼雲は芙蓉の腕を掴んだ。

「落ち着いてください、芙蓉様！」

「殺して！」

「え……」

「早く、その女を斬《き》って！」

芙蓉は興奮しながら言った。

「殺されるわ……貴妃に殺される！」

潼雲の剣を奪い取ろうとする芙蓉をなんとか押さえつけて、落ち着かせようとする。

「芙蓉様、大丈夫です！　毒は入っておりませんから！　私が毒見いたします、大丈夫です！」

「いつか殺されるんだわ！　処刑台に連れていかれる！　もう公主にも、陛下にも会えない！」

「ご安心ください！　お父上のお力添えで柳一族の中に不正が摘発された者があり、陛下が流刑をお命じになられました。柳貴妃を皇后にという声も、すっかり小さくなっています」

それを耳にした芙蓉は、はっとして顔を上げた。

「……本当？」

「はい。これで柳貴妃の力も弱まります。後宮内ではすでに、柳貴妃を見限る妃嬪《ひひん》たちの噂《うわさ》も」

芙蓉の表情が、みるみるうちに明るくなった。

「ああ、やっぱり天は見ているんだわ……正しい者に、必ず味方するのよ！」

「そうです、芙蓉様。私にお任せください。柳貴妃の化けの皮を剝《は》ぎ、陛下の信頼を取り戻してご覧に入れます」

ようやく落ち着いた芙蓉を座らせる。芙蓉はまだ肩で息をしていたが、思案しながら自分を抑え込んでいるようだった。潼雲の腕をぎゅっと摑む。

「……潼雲、この機を逃してはだめ。すぐに噂を流すのよ」

「噂？」

「あの女が……不貞《ふてい》を働いていると言いふらすの」

「不貞……ですか」

「あの女、周囲に随分と護衛を侍《はべ》らせているでしょう。他にも、男の出入りが多いのは確かよ。しかも見目の良い者ばかりだわ。琴洛殿に出入りするようになったお前が、驚きのあまり証言するのよ。柳貴妃が夜な夜な、男を寝所《しんじょ》へ引き込んでいるとね」

芙蓉は笑みを浮かべる。

「後宮の女が不貞を働けば、即死罪だわ。適当な宮女二、三人に話せば、明日にはすぐ後宮中に広がる。あの女ばかりが寵愛を得ていることを苦々しく思っている者は多いはず。妃嬪たちは進んで話をするわ」

「……ですが陛下はすっかり、柳貴妃を信頼している様子です。噂を信じるでしょうか」

すると芙蓉は、子どもを見るような目をした。

「馬鹿ね、潼雲。お前、恋をしたことがないの？」

「え……」

どきりとした。

「情が深ければ深いほどに、些細《ささい》なことが気になるものよ。少しでも自分に冷たければ、少しでも他の相手に優しければ――自分のものだと思えばこそ、嫉妬《しっと》からは逃れられないわ。疑念さえ生まれればいいのよ。そうすれば……もし貴妃が孕《はら》んだとしても、きっと陛下は疑うわ。本当に自分の子なのかどうか……」

ちらりと、倒れた宮女に目を向ける。

「早くその女を殺して」

「……芙蓉様？」

「幸先《さいさき》がいいわ。あの女も、いつかこうして痛めつけてやる」

ほら、と促され、潼雲は戸惑《とまど》った。

いくらなんでも、この娘を殺すことは良心が咎《とが》めた。

「芙蓉様、ここでこの者が死ねば問題になります。芙蓉様はここに囚《とら》われている身なのですよ」

「このまま帰すっていうの？　この女が喋《しゃべ》れば同じことじゃないの」

「私にお任せください。遺漏《いろう》のないよう、うまく処理しますので。――どうか、そのお気持ちは柳貴妃を仕留《しと》める時までお待ちください。さすれば、その際の喜びは何にも勝るはずです」

不服そうな芙蓉をなんとか宥《なだ》め、潼雲は気を失っている娘を抱え上げて部屋を出た。

荷物と偽《いつわ》って荷車に乗せ、誰にも気づかれないように皇宮を出た。

家に辿り着くと、急いで妹の名を呼ぶ。

「――凜惇《りんとん》！　手伝ってくれ」

「兄さん？　……やだ、どうしたのその子！」

「ひどい怪我《けが》なんだ。見ていてくれ、医者を呼んでくるから」

「わ、わかった」

医者を呼びに走りながら、思い出したのは幼い日、芙蓉のために医者を呼ぶことすらできなかった時のことだ。

先ほど見た芙蓉の顔が浮かんだ。まるで、かつての意地悪な姉たち、そして正妻の仁蟬《じんぜん》そのものに見えた。

そう考え、潼雲は頭を振った。

（芙蓉様は絶望のあまり、気が動転しているんだ……）

「この子、一体どうしたの？　誰がこんなことを？」

治療が終わり、眠っている娘の傍らで、凜惇が心配そうに呟いた。

「……尹族に恨みを持つ者たちに襲われたようだ。最近、柳家の羽振りがいいのを妬《ねた》む者も多いからな」

「そんな……」

濡らした手ぬぐいで娘の顔を拭《ふ》いてやる。

「兄さんが通りかかって本当によかったわね」

「……そうだな」

「私、兄さんが本当に誇らしい」

「………」

「仙騎軍《せんきぐん》として陛下のために働いて、こうして弱い人を助けられる人で——母さんだって、きっとそう言うわ」

凜惇の笑顔を、潼雲は正面から見ることができなかった。

「彼もね、兄さんの義弟《おとうと》になれるのが嬉しいって。この間も言われたのよ。お前は兄さんの話ばかりしてるって。そんなつもりなかったんだけど。あら、いいことしか言ってないからね」


安皇后が亡くなり芙蓉が軟禁されて以降、後宮の女たちは自然と雪媛のもとに朝の挨拶《あいさつ》へやってくるのが日課となっていた。

だが今日はいつもと様子が違った。体調が悪いと言って、顔を見せない者が半数に上った。

「今日はいつもより静かだこと」

雪媛がそう言うと、妃たちは顔を見合わせ口を噤んだ。

「……周才人《しゆうさいじん》」

後宮に入って間もない、年若い妃に声をかける。

「は、はい貴妃様」

「随分と体調が悪い者が多いようですね。何かあったのかしら」

「え……」

周才人は戸惑ったように言い淀んだ。他の妃に助けを求めるように視線を彷徨《さまよ》わせるが、誰も口を開かない。

「あ……あの……わたくしは、何も存じません」

「そう？　他の皆様は？」

しんと静まり返る。

それ以上尋ねても無駄のようだったので、雪媛は妃たちを帰すと芳明を呼んだ。挨拶に来なかった者たちを探るようにと命じると、芳明は心得たように頷き、琴洛殿を出ていった。

半日ほどで戻ってきた芳明は、険しい表情を浮かべていた。

「――雪媛様を誹謗《ひぼう》する噂が広がっているようでございます」

「今に始まったことではないな」

「後宮では最も性質《たち》の悪い噂でございます。雪媛様が……不貞を働いていると」

雪媛はため息をつく。

「なるほど」

「相手の名前が具体的に挙がっています。青嘉殿、江良殿、尚宇殿……」

「なんだ、瑯《ろう》と潼雲の名はないのか。最近新しく囲った男なのに」

「この噂、陛下の耳にもすぐに入るかと」

「……何がなんでも、私を皇后にはさせないつもりだね」

そこへちょうど尚宇が入ってきたので、雪媛は皮肉っぽく笑った。

「ああ、愛人が来たようだ」

「――雪媛様、何故《なにゆえ》です。柳弼様が流刑とは！」

尚宇は納得がいかないという様子で、雪媛に詰め寄った。

「陛下は雪媛様の嘆願《たんがん》を受け入れてくださらなかったのですか⁉」

「受け入れてくださった。公正に罰してほしいという私の願いをね」

「……な」

呆気《あっけ》にとられたように、尚宇は立ち尽くす。

「……何故そんなことを！　原許様も罰を受け、柳家はこれですっかり力を失ってしまったのですよ！　これまでどれほどの思いをして、ここまで来たか……！」

「そうだな。もちろん、不正で弾劾されるためではない。――私の期待を裏切ったのはあの男だ」

「雪媛様！　彼らは数少ない我らの仲間です！　尹族復興をともに目指してきたのです！　それなのに、こんな時にこそ守らなくては、一体雪媛様は何のために――」

「尚宇、やめろ」

騒ぎに気づいた青嘉が入ってきて、尚宇の腕を摑んだ。尚宇はこれを振り払う。

「雪媛様、どうか陛下に許しを乞うてください！　仲間を見捨てるのですか⁉」

「やめろ。雪媛様が決めたことだ」

そう言った青嘉を、尚宇はぎりりと睨みつけた。

「お前は黙っていろ。関係ない。これは我々の問題だ！」

「――尚宇」

雪媛が低く言った。

「私の決定が不服か」

尚宇は少し怯《ひる》んだようだった。しかし、意を決したように言った。

「私は――私たちは誰よりも雪媛様のため、雪媛様とともにあろうとしてきました。その仕打ちが……これですか」

そう言うと、尚宇はさっと身を翻《ひるがえ》し、部屋を出ていってしまった。

青嘉に、強い一瞥《いちべつ》を投げつけながら。

五章

脚から伝わる馬の体温が心地よい。雪媛《せつえん》は馬上で風を感じながら、大きく杖《つえ》を振った。毬《まり》は大きく跳ねた。誰もいない場所に放ったが、一瞬のうちに瑯《ろう》の乗った馬が回り込んで掬《すく》い上げる。

球門へ向けて強く打ち込まれた毬は、潼雲《どううん》の振り下ろした杖に弾《はじ》かれた。それを青嘉《せいか》が受けて、逆方向へと一気に駆けだす。

皇宮《こうぐう》内にある打毬の競技場には四つの騎馬の姿があった。肩慣らしだ、と言って雪媛が始めた試合は、雪媛と瑯、青嘉と潼雲がそれぞれ組み、互いに一歩も譲らない戦いが続いていた。

「まだどちらも一点も入らないなんて……いつまで続くのかしら、これ」

柵《さく》の向こう側から眺めている芳明《ほうめい》が肩を竦《すく》める。

その後方で、宮女たちが自分に視線を向けながら何かをひそひそ話しているのがわかったが、雪媛は気に留《と》めなかった。また男を侍《はべ》らせて遊んでいる、とでも言っているのだろう。

ようやく青嘉が一点を先取すると、潼雲が青嘉に詰め寄った。

「おい、さっきの繋ぎ方はなんだ。何故《なぜ》もっと手前で俺に寄越《よこ》さない」

「あそこは相手を攪乱《かくらん》するのが得策だった」

「さっさと俺に渡せば、俺が点を取ってた！」

「お前は自分が自分がと前に出過ぎだ。一人でやってるんじゃないんだぞ」

「戦略の問題だ！　貴妃《きひ》様と瑯の動きは速いが、守りが手薄だ！　だからそれを俺が――」

互いに譲らない二人の言い合いを聞きながら、雪媛は瑯を労《ねぎら》った。

「上達したな、瑯。覚えが早い」

「動かん的《まと》に放るなら簡単だと思ったがやかけど。難しいもんやか……」

難しいと言いながら、楽しそうに目をきらきらさせている。

「あの二人は上手《うま》いやき。息も合っちゅう」

「……そうだな」

まだ言い争っている二人は、確かに試合になれば動きが違った。互いが互いの動きをよく見ている。相手が何をどうすれば最もよい動きをするかがわかるように、自然と連携《れんけい》が取れていた。意に染まない動きであっても、それを瞬時に汲《く》み取って最適な動きを取っている。

ところが、口を開くと噛み合わないらしい。

青嘉と潼雲を組ませる、と雪媛が言った時、潼雲はあからさまに嫌そうな顔をしていたのを思い出す。

「だから、こっちからこう攻めるのが――」

「それだと途中で叩かれる――」

「ここでこう回り込めば――」

「……おい、そこの二人。作戦会議は終わったか。そろそろ始めるぞ」

雪媛が声をかけると、二人は不満げに互いに視線を逸《そ》らして離れていく。

再び毬を追いかけ始めると、柵の向こうに碧成《へきせい》がやってくるのが見えた。

（来たか）

あの噂《うわさ》を聞いて、碧成が黙ってはいないだろう。

「――卿！　芳明が男と楽しそうに話しているぞ！」

馬を並べて駆けながら潼雲が声をあげると、卿ははっとして柵の向こうに目を向けた。

確かに芳明が、馬番らしき男とにこにこ何かを話している。

その一瞬の隙《すき》に、潼雲は瑯を追い抜き毬を奪取した。青嘉がそれを受け、さらに潼雲に繋いで点を入れる。

雪媛はごつん、と杖で瑯の頭を叩いた。

「あぅ」

両手で情けなく頭を押さえた瑯に、雪媛は冷たい一瞥《いちべつ》を投げる。

「馬鹿者。あんなわかりやすい手に乗るやつがあるか」

「…………はい」

「人に慣れろ。獣と違って人は騙《だま》すし、嘘をつく。心の内と、口に出る言葉は違う。見極められるようになれ」

「難しいのう……」

頭を摩《さす》りながら眉を下げ、大きな体を縮ませる。

青嘉が黙って近づいてきたので、潼雲は構えた。

「なんだ、卑怯《ひきょう》だとでも言う気か」

「――いや、的確な戦法だった」

素直にそう言われ、潼雲は面食らった表情になる。

「……そうか」

雪媛が碧成に目を向けると、どこか陰鬱《いんうつ》な表情で踵《きびす》を返すところだった。急いで馬から降りると、碧成を追いかける。

「――陛下《へいか》」

碧成は立ち止まったが、背を向けたままだった。

「陛下、おいでになっていたのに、気づかず失礼しました。つい試合に熱中して」

「……熱中していたのは、試合か？」

雪媛は口を噤《つぐ》んだ。

ふらり、と碧成の体が揺れた。周囲の侍従《じじゅう》が慌《あわ》てて支える。

「陛下！」

「……大丈夫だ」

碧成の顔は青白かった。最近、毒はほとんど与えていないはずだ。まだ死なれては困る。それでも、身体はだいぶ虚弱になっているようだった。

「部屋に戻る」

雪媛を見ようともせず、碧成は侍従に支えられながら去っていく。

「雪媛様、陛下は？」

追ってきた芳明が尋《たず》ねた。

「体調が悪いと言って、戻られた」

「……陛下は青嘉殿たちを、それはそれは嫉妬《しっと》に燃える目で見ておりましたよ」

「容易《たやす》く噂に踊らされるお方だな。わかりやすい」

雪媛が肩を竦《すく》めると、芳明は心配そうに言い募《つの》った。

「噂のこともありますが……雪媛様はもともと先帝の側室だったのですもの。自分が父から奪ったように、いつか誰かに奪われるのではないか――と、陛下は心の内ではずっと不安に思っているのではないでしょうか」

「自分がやることは、他人もやる――か。嫌な考え方だ」

「陛下は本当に雪媛様を……愛していらっしゃいます。それは私にもわかりますわ。その情が深いほど、疑う心も深くなるものではありませんか」

雪媛は何も言わなかった。

汗を流して着替えを済ませると、薬を持って碧成のもとへと向かった。碧成は寝台に横になっていたが、雪媛がやってくるのを見るとあからさまに視線を逸らした。

「陛下、お薬です。お飲みになってください」

「…………」

匙《さじ》に湯薬《とうやく》を掬うと、碧成の口許《くちもと》に寄せる。しかし碧成は顔を背《そむ》けた。

「陛下」

「いらぬ」

「それではお身体がよくなりません。さぁ、一口だけでも」

すると碧成はつい、と指で匙を押し返した。湯薬が零《こぼ》れ、枕元に染《し》みを作る。

「失礼いたしました」

雪媛が拭《ふ》こうとすると、碧成がその手を摑んで思い切り引いた。

突《つ》っ伏《ぷ》するように倒れ込んだ雪媛を、碧成が組み敷こうとする。

「——っ」

途端に、不快感が体を貫《つらぬ》いた。

こんなふうに無理やりに体を押さえつけた、不愉快な男の手の感触が蘇《よみがえ》ってくる。

血の気が引き、思わず碧成の体を突き飛ばした。

「……何故《なにゆえ》、拒《こば》む」

はっとして我に返ると、碧成が暗い顔で雪媛を見下ろしている。

「……あ」

心の中で自分を罵倒《ばとう》した。碧成がこんなにも強引に雪媛を抱こうとしたのは初めてだった。しかし今更そんなことに動じるなんて、どうかしている。

「余に触れられるのが、嫌なのか」

「……申し訳ございません、陛下。突然で驚いて」

「質問に答えよ！」

泣きだしそうな顔で叫ぶ。

「余ではなく、他の男がよいのか」

「陛下」

「だから――余に触れられるのを拒むのか！　余が軟弱で、臣下からそなたを守ってやることもできない、不甲斐《ふがい》ない男だと思っているのか！」

「陛下、違います」

「こうして寝込んでばかりの……情けない男だから……！」

「そのようなこと、思っておりません！」

「そなたの護衛たちは皆……健康で、見目がよく、武勇に秀《ひい》でて、男の余ですら惚《ほ》れ惚《ぼ》れする」

ぎゅっと寝具を握りしめる。

「余とは、正反対だ」

息を詰めて泣くまいとする碧成は、子どものようだった。寝台の上で背中を丸めている姿はひどく小さく見える。

そっとその背に手を添えようとした時だった。

「――陛下、曹婕妤《そうしょうよ》と許美人《きょびじん》がいらっしゃいました」

外から侍従の声がする。碧成は眉を寄せた。

「帰せ。今は会う気分ではない」

「それが、どうしても火急の要件とおっしゃって」

「…………わかった。通せ」

現れた二人は、かつては芙蓉《ふよう》の取り巻きの筆頭だった。しかし芙蓉が失脚して後はすぐに雪媛にすり寄り始め、取り入ろうと必死になっていた。

「陛下、お加減はいかがですか」

「大事ない。それで、火急の用とは何事だ」

二人は控えている雪媛を見て、うっすら笑みを浮かべる。

「陛下、最近宮中で流れている噂について、陛下のお心を晴らしたくまいりました」

許美人が促《うなが》すと、ひとりの娘がよろよろと入ってくるのが見えた。

額《ひたい》に大きな傷が見えた。顔色は蒼白、蹲《うずくま》るように拝跪《はいき》する。

「この者は？」

「後宮《こうきゅう》の宮女でございます」

「随分《ずいぶん》顔色が悪いぞ。怪我《けが》をしているようだが……」

「はい、陛下。この者はひどい拷問《ごうもん》を受けたのです。殺されそうになったところをなんとか逃げ出して、わたくしに助けを求めに来ました」

許美人がそっと娘の肩に手を置いて微笑む。

「そうよね？」

娘はおどおどと碧成を見上げた。そしてこくりと頷く。

「はい」

「誰がそのようなひどいことをしたの？」

「それは……」

言い淀《よど》んでちらりと雪媛を見ると、ぱっと平伏した。

「そ、そちらにいる——柳貴妃《りゅうきひ》様です」

雪媛はぴくりと眉を寄せた。

「雪媛が？　その者は何をしでかして罰を受けたのだ」

「罰ではございません、陛下。この者は……見てはならぬものを見たために、口封じされそうになったのでございます」

「見てはならぬもの？」

「何を見たのか、お話しなさい」

蒼白な顔で、娘は口を開く。

「わ、私は――私は、柳貴妃様が、殿方と二人きりで……逢《あ》い引《び》きされているところを、見たのです」

さっと碧成の顔色が変わった。

「私はつい先日、後宮に入ったばかりで……道に迷い、人気《ひとけ》のない場所に入り込んでしまいました。後でそれが、冷宮《れいぐう》の近くだと知りましたが――そこで、貴妃様をお見かけしたのです。男性と一緒でした」

「それは、どんな男だったの？」

曹婕妤が尋ねる。

「……頬に……傷のある……」

碧成《へきせい》がぎゅっと拳を握りしめる。

「二人はどんな様子だった？」

「親密そうでした。……抱き合って、いました」

「いつのこと？」

「五日前の、昼過ぎです」

「それでお前はどうしたの？」

「その場から去ろうとしたら、その頬傷の男に捕まりました。見られたからには逃がすわけにはいかないと言われ、どこかの倉の中に閉じ込められて、それで……」

「それで？」

「縛られて……何度も……柳貴妃様に殴《なぐ》られ……」

娘が泣きだす。皆の視線が自分に集まるのがわかった。

こんな娘の顔など初めて見た。もちろん、捕まえてもいない。

碧成の表情に危険を感じた。すっかり疑念に囚《とら》われている。

「陛下、身に覚えのないことでございます。この娘に会ったのはこれが初めてです」

「証明できますか？　では五日前の昼、どこで何をなさっておいででした？」

五日前か、と雪媛は心の中で舌打ちした。柳家《りゅうけ》の屋敷に行った日だ。当然後宮にはいなかった。

（潼雲の描いた筋書きか――）

「さぁ……どうでしたか。何日も前のことですから事細かには覚えていませんが……確か、気分が優れず部屋で横になっていたと思います」

「では証言できるのは、琴洛殿《きんらくでん》に仕《つか》える使用人だけですか？　皆、主《あるじ》たる貴妃様に不利なことなど言わぬが当然。これでは証《あかし》になるかどうか」

「許美人、そうは言ってもそれが事実です。わたくしは部屋で臥《ふ》せっていたのよ。この娘も、見たことがないわ」

「嘘です！　あなたがやったのよ！」

娘は衣《ころも》を一気にはだけた。背中を露《あらわ》にすると、そこには数え切れないほどの無数の傷が、痛々しく残っていた。碧成が息を呑む。

「誰にも絶対に言わないと誓ったのに、信じられないって、何度も……！」

憐《あわ》れに泣き崩れる娘に、曹婕妤が優しく衣を引き上げてやった。

「なんとか逃れ、助けを求めてきたのです。陛下、噂はまことであったのです。それを柳貴妃は、もみ消そうとこんな非道な真似を！」

「雪媛……」

碧成が、怒りの表情を雪媛に向ける。

「これは……どういうことなのだ」

雪媛は何も言わない。

「雪媛！　答えよ！　そなた、まことに青嘉と――」

「柳貴妃、証人がいるのですよ。白《しら》を切るつもりなの」

曹婕妤が言い募った。

「……陛下」

雪媛は、碧成に向き直る。

「陛下のお傍《そば》でずっとお仕えしたわたくしよりも、この娘の言葉を信じるのですか……」

「――では余が納得できるよう申してみよ！」

碧成は怒りと屈辱《くつじょく》で顔を真っ赤にしていた。荒い息を吐きながら、見開いた目が泣きだしそうに見えた。

「……わかりました。陛下に、真実を申し上げます」

そう言うと、碧成は息を呑んだ。

「お人払いをお願いします、陛下」

碧成はやや逡巡《しゅんじゅん》したが、やがて侍従や女たちに下がれと命じる。

全員退出し、しん、と静寂《せいじゃく》に包まれると、碧成は動揺が静まらない様子で雪媛から視線を外した。

雪媛は膝をついた。

「……わたくしは潔白でございます」

「では、あの証人はなんだ！」

「もしあの者が言うことが事実であれば、そのような場面を見られて何故《なにゆえ》生かしておいたのでしょう。本気で口を封じるなら、すぐにも命を奪うべきです。拷問など、そんな悠長なことをしましょうか」

「あれが演技だと？　あの傷はどう見ても本物だ！」

「陛下、これだけは言わせてください。わたくしに皇后の座は相応《ふさわ》しくないと思う者たちが、わたくしたちの間を裂こうとするのは当然です。別の皇后を迎えようとする者からしたら、わたくしは邪魔者ですから……」

碧成は僅かに息を詰めた。

「……つまり、これは我らの仲を裂くために誰かが仕組んだことだと？」

「そう思います。ですが――陛下がわたくしではなく、あの者を信じるというのであれば、それは仕方がありません。陛下の命《めい》に従います」

跪《ひざまず》く雪媛に、碧成は何を信じればよいかわからない、という顔をしている。

「だが…………だが、青嘉とそなたは……そうはいっても……以前から親密であるように見える」

雪媛は顔を上げ、少し微笑んだ。

「はい、親密でございます」

「なんだと?」

「……共有する秘密がございますゆえ」

喉《のど》が渇《かわ》く。

「秘密?」

怪訝《けげん》そうに碧成が言った。

これでいい、と自分に言い聞かせる。こうするしか、この場を切り抜ける方法はない。

少し、声が震えた気がした。

「青嘉は——もう長い間ずっと、兄の妻に恋をしているのでございます」

言葉にすると、苦い思いが胸にじわりと染みのように広がった。

「……何?」

碧成は虚を衝《つ》かれたように目を見開いた。

思いとは裏腹に、言葉は妙にすらすらと湧いて出てくる。

「これはわたくしと青嘉だけの秘密でございます。青嘉の兄は戦《いくさ》で亡くなり、未亡人となった義姉《あね》を青嘉が支えてきました。亡き夫への貞節を守る義姉に、青嘉は想いを告げることなく、ひっそりと彼女を見守ってきたのです。わたくしは、この二人が幸せになることを願ってきました。だって陛下、それはまるで――わたくしたちを見ているようでしたから」

「雪媛……」

「前《さき》の皇帝陛下に仕えたわたくしが、その息子である陛下にお仕えしてよいのか、わたくしも何度も悩みました。想いを受け入れたいという気持ちと、拒むべきだという理性が、わたくしを引き裂きました。……陛下もそうではありませんか？」

「それは……」

瞳を潤《うる》ませる。碧成の前で、そんな姿は滅多《めった》に見せたことがなかった。

「青嘉を見ているとかつての陛下のようで、その義姉の珠麗《しゅれい》を見ていると自分を見ているようで、放っておけませんでした。それで、二人を取り持つようなことをあれこれとしてまいったのです。先日、青嘉はようやく義姉に簪《かんざし》を贈りました。義姉も喜んだようで、打毬の試合で会った折には、それを挿《さ》しておりました」

「では、二人は――」

「恐らく、想いは通じたかと。ですが、周囲からの批判は避けられないでしょう。わたくしが陛下に嫁《とつ》いだこと、いまだに不道徳だと言う者もおります。兄の妻を弟が娶《めと》るのは、外聞がよくありません」

「そうで、あろうな……」

「陛下。できることなら陛下から、二人の婚姻のお許しをいただけないかと考えておりました。そうすればあの二人も、憚《はばか》ることなく結ばれることができましょう」

ですが、と雪媛は俯《うつむ》いた。

「……陛下のわたくしへのお疑いが解けぬのであれば、それも叶《かな》わないことです。これもすべて嘘だとお思いでしたら、仕方がありません」

「雪媛……」

「これがすべてでございます。……わたくしは当分、琴洛殿にて謹慎《きんしん》いたします。どんな命でも、陛下のお決めになったことであれば従います」

深々と頭を下げる。

碧成は何も言わなかった。


青嘉は、侍従が恭《うやうや》しく持ってきた皇帝からの勅許《ちょっきょ》に目を疑った。

珠麗との婚姻を許可する、とある。

「……これは、どういうことですか」

雪媛に詰め寄ったが、彼女は烏《からす》の小舜《しょうしゅん》に餌《えさ》をやりながら、こちらを見ようともしない。

「陛下が私とお前の仲を随分と疑っていたから、珠麗の話をしたのだ」

「何を……言ったんです」

「お前が懸想《けそう》しているのは、私ではなく、義姉だと話した」

「な……」

愕然《がくぜん》として青嘉は立ち尽くした。

「まるで昔の陛下を見ているようだと言ったら、随分と同情されたようだ。自分とお前を重ねて、応援してやろうという気になったらしい」

「雪媛様！」

「黙れ」

ぴしゃりと雪媛が言った。

「あのままでは噂を真に受けて、私への疑いが深くなるばかりだった。陛下の目を眩《くら》ます必要があったのだ。陛下は自分に自信がない。その卑屈《ひくつ》さが、私の周りにいる男に嫉妬させるのだ。自信を持たせるには時間が要《い》る」

それに、と雪媛は続けた。

「結果的には、よかったじゃないか。これで晴れて、珠麗と夫婦になれる」

「誰がそんなことを望んでいると言いましたか！」

「では、お前と私が不義密通していると疑われて捕まればよかったか？」

「それは――」

「二人とも死罪だろうな。我らだけではない。お前の一族も、私の一族も、皆死罪だ。そうなればよかったか？　珠麗や志宝《しほう》が死ぬのが見たかったのか？」

青嘉は黙り込んだ。

「事実――潔白だ」

ふいに雪媛は、こちらに視線を向けた。

「お前と私の間には……何もない」

そうだろう、と言いたげな瞳が青嘉を見据えた。

「しかし、陛下の私への疑いがこれで完全に晴れたわけではない。こじれると厄介《やっかい》だ……このあたりでひとつ、潼雲に脅《おど》しをかけておかないとね」

芳明が碧成の侍従が訪れたことを告げたので、青嘉は黙ってその場に控える。侍従が恭しく頭を下げた。

「雪媛様、今宵《こよい》は陛下がお召しでございます」

夜伽《よとぎ》の知らせだった。

「――わかりました」

雪媛は立ち上がると、芳明に支度を命じた。

「青嘉」

「……はい」

「もう帰れ。珠麗が待っているだろう」

追い払うようにひらひらと手を振る雪媛に、青嘉は何も言えなかった。

王家の屋敷に帰ると、使用人たちがそわそわした様子で青嘉を出迎えた。

「どうした、何かあったのか」

「旦那《だんな》様。陛下が、珠麗様との婚姻のお許しを出したというのはまことでございますか⁉」

青嘉は驚き、眉を寄せる。

「……どこで聞いた」

「宮中に出入りしている商人が話していたんです。柳貴妃様との仲を疑われていると聞いて気を揉《も》んでおりましたが、これで安心しました」

こんな個人的な話が皇宮の外まで伝わるということは、疑惑を払拭《ふっしょく》するために、雪媛がわざと巷《ちまた》に広がるように話を漏らしているのだろう。

「珠麗様は、中で待っておられますよ」

古参の家令《かれい》が含みのある笑みを浮かべながら告げる。

「……ああ」

「私たちは、旦那様が珠麗様を娶《めと》られることを願っておりました。皆、本当に喜んでおります」

にこにこと表情を輝かせている使用人たちに見送られ、青嘉は困惑《こんわく》しながら自室へと向かった。

ちょうど、夕餉《ゆうげ》の膳を珠麗が並べているところだった。

「お帰りなさいませ」

いつになく、珠麗は華やかな装《よそお》いに見えた。もちろん雪媛に比べれば格段に質素ではあるが、明るい薄紅《うすべに》の衣、化粧をした顔、そしてあの簪。

青嘉のために着替えたに違いなかった。

ただ、伏し目がちで、こちらを見ようとはしない。

「……どうぞ」

「義姉上」

声をかけると、小さく珠麗の肩が跳ねるのがわかった。

「は、い」

彼女の緊張が伝わってくる。

「──もう、結構です。お休みください。あとは使用人にやらせますから」

「え……」

「夜も更《ふ》けました。最近、また咳《せ》き込んでいたでしょう。お体に障《さわ》ります」

珠麗は戸惑《とまど》ったように視線をさまよわせ、そして俯いた。

「はい──」

立ち上がると、少し震えた声で言った。

「では…………おやすみなさい」

静かに部屋を出ていった珠麗の足音が遠ざかっていく。

足音が聞こえなくなると、大きく息をついた。

無意識に、懐《ふところ》に入れた包みを握りしめる。

──お前と私の間には……何もない。

雪媛の言葉を反芻《はんすう》する。

今頃、雪媛は碧成の腕の中にいるのだろう。

「では――あの尹《いん》族の娘に証言させたの？　柳貴妃が男と密会していたと」

　芙蓉が驚いて身を乗り出した。

「はい。あの傷は、口封じのために捕らえられて柳貴妃にいたぶられたのだと。曹婕妤と許美人が協力してくれました」

「それで、陛下は何と？」

　芙蓉は期待に満ちた目を向ける。

「かなりの疑念を抱いたようです。表向きは不問ということでしたが、見たところ、柳貴妃との間には溝《みぞ》ができたかと」

「ああ口惜《くちお》しい。すぐに死罪かと思ったのに。……娘の始末は大丈夫なんでしょうね」

「ご安心ください。口は封じてあります」

「そう」

　ほっとしたように芙蓉が笑った。あの娘には金を渡して都から出した。命まで奪うことは、できなかった。

「潼雲、やってほしいことがあるの」

「何でしょうか」

「これを――」

そう言って書状を二通、潼雲へ差し出す。

「昌王《しょうおう》と阿津王《あっおう》に渡して。密かにね」

「……え？」

皇帝の異母兄《あに》たちの名が出てきたことに、潼雲は訝《いぶか》しんだ。

「何故《なにゆえ》……」

「側室の子として帝位から遠ざかった方たちよ。不満を抱いているはず──彼らにとっても、柳貴妃は邪魔な存在に違いないわ。神女だなんだともてはやされて、彼ら皇族よりも崇《あが》められているんだから」

「芙蓉様……それは……」

「協力を呼びかけるのよ。このままじゃ、尹《いん》族に国を乗っ取られるわ。あの女が皇子を産めば、陛下はその子を皇太子にするはず。でもそんなこと、彼らはきっと許さない」

潼雲の手を握りしめ、芙蓉は瞳を潤ませた。

「頼んだわよ、潼雲。お前だけが頼りだわ」

潼雲は受け取った書状を握りしめた。

「……はい」

芙蓉の言うことは一理あった。皇帝の兄たちが、帝位にまったく無関心であるはずがない。いまだに皇子のいない皇帝に何かあれば、彼らにも機会が巡ってくるかもしれないのだ。

しかし、どうにも気持ちはもやもやとした。

部屋を出ると、潼雲は周囲に人がいないのを確認し、そっと書状を開いた。

『柳雪媛は呪術によって人心を惑わし、皇帝をも操っている。異民族の子が皇帝の跡継ぎとなることは、この瑞燕国《ずいえんこく》の正統なる血筋を断絶することであり、長い伝統を踏みにじる行為である。これは我らの祖先に対する背信《はいしん》で、決して許されるべきことではない。そのような悲劇はなんとしても、真に祖国を愛する者として阻止しなければならない。陛下の兄であり前《さき》の皇帝の長男である昌王は、何よりも尊い身分である。我が一族は、昌王のためであればどんなことでも力になる所存である――』

阿津王への書状もほぼ同じ内容だった。

読み終えて、潼雲は胸騒ぎを覚えた。

(これは――この内容は、謀反《むほん》にも等しいのではないだろうか)

「潼雲殿、ちょうどよかったわ」

琴洛殿に戻ると芳明に声をかけられ、潼雲ははっとした。懐に隠した書状が気になってしまい、態度がぎこちなくなる。

「あ、ああ――何か」

「手伝ってほしいのよ。こっちへ来てちょうだい」

芳明の後をついていくと、渡り廊下の先に湯殿《ゆどの》用の離れが見えた。

「運んでほしい荷物があるの。重くて私ではどうにも。こんな時に限って青嘉殿も卿も見当たらなくて――」

引き戸を開けると、甘い香の匂《にお》いが鼻についた。

「どれだ？」

「そこに大きな箱があるでしょう」

中は薄暗かった。

奥には浴室が見え、花びらの散った乳白色の湯が満たされている。天窓から僅《わず》かに光が差し込んでいた。ところどころに置かれた蠟燭《ろうそく》の火が、ゆらゆらと湯気の中で妖《あや》しく灯《とも》っている。

がたり、と音がして、背後で戸が閉まった。

「……芳明？」

　潼雲ははっとした。

　扉に飛びついたが、どうやっても開かなかった。

「おい、開けろ！　おい！」

　ぱしゃり、と水が跳ねる音が聞こえる。

　潼雲は動きを止めた。

　恐る恐る浴槽に目を向ける。薄い帳《とばり》の向こうに、人影があった。

「――あまり騒ぐな、潼雲。人が来るぞ」

　湯につかる人物の、真白い背中が薄闇の中に浮かび上がる。何も纏《まと》っていないその姿に、慌てて視線を逸らした。

「……貴妃様！　失礼しました。いらっしゃるとは……」

「よい」

「…………」

　また水音がした。浴槽から上がろうとしているのだ、と気づき、背を向ける。

「申し訳ございません、戸が開かず――」

「出る必要はない」

　ひたひたと、濡れた足が床板を踏む音が聞こえてくる。その足音が徐々にこちらへ近づいてきて、潼雲は狼狽《ろうばい》した。振り返ることはできない。しかし、戸は開かず、逃げることもできなかった。

「噂を聞いたか？　私は、周りにいい男を侍らせて不貞を働いているそうだ……」

密やかな声が、すぐ後ろから聞こえた。

「浴室で、裸で……男と二人きり……」

背後から突然、濡れた白い両腕がにゅっと現れた。

「こうあるべきだろう……？」

腕が潼雲を抱きすくめ、背中に湿った温《ぬく》もりが張りついた。その感触に、潼雲は身を強《こわ》張《ば》らせる。

「は……放してくださ――」

その時、戸の向こうから聞き覚えのある声がした。

「――雪媛は？」

「陛下。貴妃様は、湯あみをされております」

芳明が恭しく答えるのが聞こえる。

「―――っ！」

潼雲は動きを止め、息を潜めた。

すぐそこに、皇帝がいる。

耳元に息が吹きかかり、低く甘い声が囁いた。

「陛下がいらっしゃったようだ……。今ここに陛下が入ってきたら、どうしようか」

「……！」

「……今すぐ悲鳴を上げてやろうか」

「……貴妃様！」

「お前はわたくしと通じた罪で死罪となる。そうなれば、お前の妹も……ただでは済まないだろうねぇ」

潼雲は動揺しつつも息を詰めた。

最初に嗅《か》いだ香の匂いが一層きつく感じられる気がする。

「そ、んなことをすれば、あなたも――」

「お前に襲われたのだと泣き崩れればよい。陛下はお前とわたくし、どちらの言うことを信じると思う？」

何故かじわじわと身体が熱くなり、息が切れる。

「では――出直すとしよう」

戸の向こうで、皇帝の声が遠ざかっていく。

安堵《あんど》したが、その途端にひどい眩暈《めまい》を感じた。

（なんだ……？）

ぐらりと体が傾きかけて、慌てて踏みとどまる。

「汗をかいているね……脱いだらいい」

帯に手をかけられ、潼雲ははっとそれを止めた。だが思うように力が入らず、簡単に跳ねのけられてしまう。

よろめいて、壁に手をついた。熱が体の奥深くから突き上げてくる。

（おかしい……）

雪媛の手がするすると帯を解き、衣を剝《は》ぎ取られる。なすすべもなく上半身が露《あらわ》になった潼雲に、背後から雪媛が肌を密着させるのを感じた。

潼雲は荒い息を吐きながらぎゅっと目を瞑《つぶ》った。唐突に、今すぐこの女の体を引き寄せてしまいたい衝動に駆られたが、なんとか押しとどめようとする。

（何を考えてる……なんでこんな）

ずるずると座り込む潼雲に、雪媛が囁いた。

「我慢しなくていい……苦しいでしょう？」

「やめろ……」

床をひっかくように爪《つめ》を立てた。自分を抑え込むように、潼雲は身を丸める。

耐え難いほどの欲求だった。

喉が干上《ひあ》がるようだ。

堪《こら》え切れない衝動が体を支配していく。薬を盛られたに違いない、という考えが朦朧《もうろう》とした頭に浮かんだ。そうでなければこんなことはありえなかった。芙蓉以外の女に、しかもよりにもよってこの柳雪媛にこんな劣情を抱くことなどあってはならない。

「何を……した……」

くすくすと笑う声がする。

「陛下はもう行ってしまったわ。大丈夫、ほら、わたくしを好きにしていいのよ……」

肩に手を置かれると、触れられた部分から快感が溢《あふ》れるようだった。

ねっとりとしたものが耳を這《は》った。雪媛が舐《な》め上げたのだ。途端に腰が砕けそうになり、潼雲は呻《うめ》いた。

（芙蓉様――芙蓉様――）

助けを求めるように、芙蓉の面影《おもかげ》に縋《すが》った。彼が愛しているのは芙蓉だけだった。

（この女は芙蓉様の敵――陛下の妃《きさき》だぞ――）

碧成は雪媛を寵愛《ちょうあい》していた。最近では、寝所《しんじょ》に呼ぶのは雪媛だけだ。

以前は芙蓉がその立場にあった。他のどの妃嬪《ひひん》よりも芙蓉が愛されていた。それは喜ばしいことだった。寵愛が深ければそれだけ芙蓉の立場は確固としたものになる。

（でも本当は——嫌だった）

芙蓉が他の男のもとへ向かう姿を見るのは苦痛だった。自分には決して手の届かない芙蓉を、あの男は何に遠慮することもなく手に入れている。ただ皇帝の子として生まれた、それだけで。

碧成が寵愛するこの女を——自分の手でめちゃくちゃにできたら、どんな気分だろうか。

唐突に、薄暗い欲望がよぎった。

それは泡のように膨《ふく》らみ、怒りとともに体中に広がっていく。

朦朧とする意識の中で、自分の息遣《いきづか》いが妙に響いていた。だめだ、と遠くで自分が叫んだ気がする。

潼雲は無意識に手を伸ばす。女の細い腕を引いた。

触れた肌はひどく熱かった。

絹の布団の中で、女が横で眠っていた。潼雲は呆然《ぼうせん》として周囲を見回す。

雪媛の寝所だった。

天蓋《てんがい》の下、寝台に横になるのは自分と、そして雪媛だった。

慌てて体を起こすと、違和感に視線を下げる。何も身に着けていなかった。

ざっと血の気が引く。

(そんなはずはない……そんなはずは)

「潼雲」

横からけだるげな声がして、潼雲は跳ねた。

雪媛が乱れた黒髪を散らしながら、こちらを見上げている。彼女もまた、何も纏《まと》っていない。

雪媛は自分の胸元を見下ろして少し目を丸くすると、くすりと笑った。そこには、鬱血《うっけつ》の痕《あと》が花弁のように散らばっている。

「……随分と激しかったこと」

真っ青になって頭を振った。

「…………そんな」

思い出すのは、突き上げるように湧き上がった情欲だった。それに、滑らかな肌の感触も。

「嘘だ」

「わたくしには、愛人が多いらしいが……」

ふふっと雪媛が妖艶《ようえん》に微笑む。

「その一人になった気分は？」

「違う……」

「……芙蓉が知ったら、どう思うだろうね」

潼雲は息を呑んだ。

「今夜は、陛下のお召しには応《こた》えられないねぇ」

雪媛が呟いた。

「こんな痕、見せたら大変だ」

寝台から転がるように這《は》い出す。散らばっていた自分の衣をかき集め、急いで身に着けた。

「……恥ずかしいと思わないのか！」

潼雲は思わず声を上げた。

「こんな……男を誘惑して……陛下の妃でありながら、こんな不埒《ふらち》な真似を……！」

「……どこぞの誰かと同じようなことを言う」

くつくつと笑う。

「その不埒な女を夢中で貪《むさぼ》ったのは、誰だ？」

胸元を示す雪媛に、潼雲はぐっと何も言えなくなる。

「そういうお前は？　皇帝の女に手を出した不埒な男。柳貴妃が侍らす、愛人の一人になった」

足元が震えていた。

しどけなく寝そべりながら、雪媛は潼雲に流し目を送る。

「おとなしくしていることだ……お前の大事な者を守りたかったらね」

潼雲は何も言わずに部屋を飛び出した。

頭が真っ白で、何も考えられなかった。


潼雲は雪媛を組み敷いた途端、がくりとその場に倒れ込んだ。

意識を失った潼雲を横に転がして、雪媛は浴室の衝立《ついたて》の向こうに声をかける。

「終わったぞ。運び出せ」

「………早く何か着てください」

衝立の向こうに控えた青嘉がそう言って顔を出さないでいると、雪媛の笑い声が聞こえた。

「この香にあてられてあそこまで我慢できるとは、たいしたものだ。思ったより時間がかかったな」

にゅっと雪媛の顔だけが衝立の向こうから現れて、青嘉はどきりとした。白い肩に濡れた黒髪が張りついているのが目に入る。

口と鼻を布で覆い、催淫《さいいん》効果のある香を嗅《か》がないようにしている青嘉を見て、雪媛はにやりと笑った。

「お前もそれを外して、どれだけ我慢できるか試してみるか？」

「結構です」

顔をしかめる青嘉にくすくす笑って、雪媛は顔を引っ込める。

「――着たぞ」

ようやく衝立から出た青嘉は、倒れ込んでいる潼雲に近づくと肩に担《かつ》ぎ上げた。

そのまま雪媛の寝室へと運び込み、寝台にどさりと寝かせた。後ろからついてきた雪媛が扉を閉める。

「全部脱がせろ」

青嘉はため息をついて、潼雲の残った衣服に手をかけた。

「随分と倒錯的な図だな。面白い」

「……まったく楽しくありませんが」

「なら、私がやろうか？」

「それはだめです」

青嘉は顔をしかめた。さすがに、雪媛が男の服を脱がせる様など見たくない。浴室でもずっと、衝立の向こうで何が起きているのかを聞きながら、じっと足元ばかり見ていた。

心を無にして潼雲を裸に剝き終わる。布団をかけて、ようやく息をついた。

薄物を着崩した雪媛が寝台に腰かけ、眠っている潼雲を眺めた。

「青嘉」

「はい」

「求婚は上手《うま》くいったか」

青嘉は押し黙った。

「…………ご想像にお任せします」

「ふうん」

雪媛はつまらなそうに、潼雲に並んでころりと横になる。その光景に、胸の内から何かが湧き起こりそうで、青嘉は目を逸らした。

「では――失礼します。外に待機しておりますので、潼雲の目が覚めたら手はずどおり……」

「待て」

呼び止められ、扉にかけた手を止める。

「こっちへ」

体を起こした雪媛が手招きをする。

「なんでしょうか」

雪媛は潼雲を見下ろし、そっとその乱れた髪を掻き上げてやる。

「もっと事後らしい痕跡が必要だ。子どもじゃないんだ、ただ裸で同衾《どうきん》していただけで、私を抱いたとこいつが本気で信じるかどうか」

「……痕跡、ですか」

雪媛は寝台に腰かけ直すと、身に纏った薄物の胸元をゆったりとはだけさせた。

「適当に痕をつけろ」

「………………は？」

とんとん、と雪媛はひとさし指で鎖骨《さこつ》のあたりを示す。

「首回りと、それから胸元に。吸い痕のひとつもないと、説得力がない」

　青嘉は固まった。

（――なんの拷問だ、これは）

「早くしろ。潼雲が起きる」

「………そこまでしなくとも、十分かと」

「お前、まさかまだ女を知らないとか言わないだろうね」

　このやり直しの人生では、確かにそうだった。ただ、一度目の長い人生の中ではさすがに経験がある。いずれも一夜限り――それに皆少し、雪媛と面影の似たところのある女だった。

「……そうでは、ありませんが」

　そう言うと、雪媛はむっとした顔をした気がした。

「ふうん」

　不機嫌そうに言う雪媛に戸惑いながら、青嘉は息を吐いた。

「これだけやれば、少なくとも何もなかったとは思えないでしょう。潔白であると明らかにする術《すべ》もないのですから」

「わかった。じゃあ、尚宇《しょうう》か卿を呼んでこい」

「はい？」

「尚宇なら喜んで吸いつくだろうし、瑯なら甘嚙みしろと言えば――」

「俺がやります」

「最初からそう言えばいいんだ」

ほら、と雪媛が顎《あご》を上げて、真珠のように輝く胸元をこちらへ向けた。青嘉は諦《あきら》めたように大きく息を吐き出す。

（尚宇でも、瑯でもいいか……）

思わず、眉を寄せる。

（誰でもいいのだ。この人にとって、こんなことは大したことじゃない……）

「…………失礼します」

青嘉は寝台に片膝をついて、座っている雪媛に覆いかぶさるように身を寄せた。できるだけ触れないように。

きめ細やかな真白い首筋を見つめる。

躊躇《ためら》いつつも、静かにその肌に唇を添わせた。触れる度《たび》、ひくりと雪媛の体が震えるのがわかる。

「――っ」

小さく声を上げた雪媛の様子に、青嘉はふと怒りを感じた。

碧成にも、前《さき》の皇帝にも、そしてきっと他の男にも――こうして同じように声を上げたのだ。

（これからも――）

そう考えた瞬間、ひどくどす黒い感情が溢れた。雪媛の背中に腕を回し、細い体をぐいと自分に引き寄せる。

胸元に噛みつくように、思い切り強く吸い上げた。

「痛っ……」

雪媛が顔を歪めた。

その声に、はっと動きを止める。

頬を僅かに上気させた雪媛が、眉を寄せて自分を見下ろしている。

我に返った青嘉は、ぎこちなく体を離した。

「……失礼……しました」

「……下手《へた》くそ。妓楼《ぎろう》でもっと練習してこい」

雪媛は不機嫌そうに言って枕元から手鏡を取り出すと、しげしげと自分の胸元を観察した。

「十分だ。もう下がれ」

「……はい」

雪媛はこちらを見ようともせず、そのまま布団を被って潼雲に身を寄せ、するすると薄い天蓋を引いた。

六章

懐《ふところ》に入れていた書状がないことに気づいたのは、当初の目的を思い出して皇宮《こうぐう》を出ようとした時だった。

（――ない）

慌《あわ》てて体中を探った。

どう考えても、失《な》くした場所は琴洛殿《きんらくでん》であった。脱ぎ散らかした衣《ころも》を急いで纏《まと》って出てきたが、書状があったかどうか、まったく記憶にない。

（では――あの書状は今、柳貴妃《りゅうきひ》の手に）

ざっと血の気が引いた。

急いで引き返すと、琴洛殿の門前に輿《こし》が置かれ、侍従《じじゅう》や宮女が控えていた。皇帝が雪媛《せつえん》を訪れているのだ。

慌てて身を隠し、人目につかないようその場を離れる。

（今まさに、陛下《へいか》にあの書状を見せているのかもしれない）

　潼雲《どううん》は急いで芙蓉《ふよう》のもとへと向かった。早急《さっきゅう》に策を講じなくてはならないし、万が一の時には芙蓉の傍《そば》で彼女を守る必要がある。自《みずか》らの失態が招いた危機であるということが、潼雲を焦《あせ》らせた。

「――ああ、魯格《ろかく》が生きていれば！」

　泣き声が聞こえて、潼雲は扉の前で立ち止まった。

　芙蓉の声ではなかった。

「お母様……」

「あの子さえいれば、旦那《だんな》様だってこんな仕打ちは……！　屋敷はすっかり仁蟬《じんぜん》が牛耳《ぎゅうじ》って、私はまた離れに追いやられたのよ！」

　芙蓉の母、詞陀《しだ》が密かにやってきているらしい。随分《ずいぶん》と金を積んだに違いなかった。

「お母様、落ち着いてください。私がまた陛下のご寵愛《ちょうあい》を受け皇子を産めば、あの女に大きな顔などさせません。どうかしばらく耐えてください」

「だけどお前、こんなところに閉じ込められているのよ。どうするつもりなの」

「陛下の兄王たちが協力してくれれば、あの蛮族の女を退《しりぞ》けることができます。潼雲に書状を持たせました」

「潼雲？　……あぁ、萬夏《ばんか》の子ね。大丈夫なの？　裏切ることはない？」

「ご安心ください。潼雲は幼い頃から私の虜《とりこ》ですもの。私の言うことならなんだって聞くわ。それに……万が一の時は、妹を押さえてありますから」

潼雲は芙蓉の物言いに違和感を覚えた。

（何の話だ……？）

「妹って、うちで働いているあの娘？　今度嫁に行くと聞いたけど」

ええ、と芙蓉が答える。

「嫁入りする商家は、独《どく》家との取引で成り立っています。潼雲が裏切るような真似をすれば、取引をやめてやればいい。独家からの注文がなくなれば、すぐに潰《つぶ》れるでしょ。嫁のせいで商売ができなくなればその男も離縁するしかない。潼雲は妹を大事にしているから、婚家に迷惑がかかり妹が離縁されるとなれば、見過ごすことはできないはずです。脅《おど》してやれば、言うことを聞きます」

「そう。なら、いいけれど……。ああ芙蓉、やっぱり女は、男の子を産まなければ。魯格が生まれるまで、私があの家でどれほど辛《つら》い目にあったか、お前だって知っているでしょう」

「本当に。公主《こうしゅ》が、皇子であればよかったのに……」

「もっと早く手を打つべきだったのよ、私のようにね」

「お母様ったら、どうしてあの目論見《もくろみ》が成功したと思っているの。私のお蔭《かげ》だと忘れないでね」

「でもねぇ、今思えば、萬夏を殺したのは惜しかったわ。男の手引きだって、ばれないように程よい日に旦那《だんな》様と床入《とこい》りするのだって、全部あの萬夏が手はずを整えたのよ。使える女だったのに」

「生かしておくなんてできるわけないでしょ！　萬夏は魯格がお父様の実の子じゃないと知っていたのよ？」

（――え？）

　潼雲は身を固くした。

「そうだけど……口の固い女だったわよ」

「それでもよ！　万が一どこかへ漏《も》らしたら？　息子や娘に話していたら？　そんな危険な存在を生かしておくなんて、命取りよ。だから私が、うまく毒を盛ってあげたんじゃない」

「わかってるわ。お前のお蔭で誰にも怪《あや》しまれずに、あっさりと病死ということで片付いたんだから」

「確かに惜しかったかもしれないけど、結果は上々よ。代わりに息子の潼雲は私の忠実な僕《しもべ》になったのだし……」

二人の声は、まるで水の中に入った時のように徐々にぼやけていった。もう、何も耳には入ってこない。

しばらくの間呆然《ぼうぜん》とその場に立ち尽くしていた潼雲は、やがて覚束《おぼつか》ない足取りでふらふらと門へ向かい歩き始めた。

死に際《ぎわ》の母の顔を思い出しながら。

「天へ祈りを捧《ささ》げる？」

碧成《へきせい》が驚いた様子で言った。重臣たちは互いにひそひそと小声で何事かと囁《ささや》いている。

雪媛は朝議《ちょうぎ》の間で、膝《ひざ》をついて碧成の前に頭《こうべ》を垂れていた。

いつになく胸元が隠れた衣を纏っているのは例の痕《あと》を見せないためだろう、と青嘉《せいか》はなんともいえない気分になった。雪媛は何事もなかったかのように、しおらしい表情を浮かべている。

今日の朝議は、国境を侵《おか》している高葉《こうよう》軍との戦況についてが主《おも》な議題だった。その場に突然現れた雪媛は、真白い巫女《みこ》のような恰好《かっこう》をしている。場違いな妃《きさき》の登場に、皆困惑《こんわく》の色を浮かべた。

「はい、陛下。祭壇を築き身を清め、五日間食を絶ち祈りを捧げます」

「だが、何故《なにゆえ》――」

「高葉軍討伐《とうばつ》に向かった檀《だん》将軍が討ち死になさったと聞きました」

「ああ……」

「高葉軍に包囲された城は籠城《ろうじょう》していると。補給路を断たれ、食料はもう尽きかけているというではないですか」

「ああ、だから急いで救援を向かわせる」

「しかし、援軍が国境に辿《たど》り着くまで七日はかかるはず。城は保《も》たないでしょう。国境が破られれば、いずれ敵は都に迫ってくるはずです。――そうではありませんか、蘇大人《そたいじん》」

雪媛は高易《こうえき》に尋《たず》ねる。

「……左様《さよう》です」

高易は否定しなかった。

ですから、と雪媛は言った。

「わたくしはこれより陛下の代理として、天に奏上《そうじょう》いたします。五日のうちに外敵を退《しりぞ》け、この瑞燕国《ずいえんこく》の危機をお救いくださるように、と」

どこかから失笑するような声が聞こえた。

「貴妃様、これは戦《いくさ》でございます。もちろん、神女と名高い貴妃様が祈りを捧げることは、兵士たちの士気に繋がるかもしれませんが……」

高易の言葉に、碧成も頷《うなず》く。

「雪媛、気持ちはありがたいが、高葉軍にはさらに増援が加わったと聞く。こちらの援軍が到着せねば数が違いすぎるのだ。天が雷をやつらに落としてくれるわけではあるまい」

独護堅《どくごけん》が進み出て、碧成の言葉に便乗した。

「畏《おそ》れながらこれは女人《にょにん》が関《かか》わるべきことではございません。どうか我らにお任《まか》せになり、後宮《こうきゅう》へお戻りください。……お気に入りの者たちも、待っていることでしょうし」

そう言って護堅は、控えている青嘉に視線を向けて笑みを浮かべた。誰かが、「ああ、あれが」と小さく囁《ささや》き、嘲笑《ちょうしょう》するような声が密やかに上がった。

しかし雪媛はひたと玉座《ぎょくざ》にある碧成だけを見つめている。

「陛下、わたくしは気休めに祈りを捧げると申し上げているのではありません。これはわたくしの陛下への忠誠と、そして……身の潔白を証明するための祈りでございます」

「……身の潔白？」

「まだわたくしに関するよからぬ噂《うわさ》は、消えておりません。陛下も、そしてここにいらっしゃる重臣の皆様がたも、心の中ではお忘れではないでしょう」

碧成は少し後ろめたそうな表情を浮かべた。

「それは――」

「わたくしの身の潔白を知る者は、わたくし自身を除いて、天しかありません」

雪媛は立ち上がり、重臣たちを見回した。

「よってわたくしは、天に裁《さば》きを委《ゆだ》ねます。もしわたくしが罪を犯しているならば、天はわたくしの祈りを聞き届けはしないでしょう。もし五日の内に何の啓示《けいじ》もなければ、それはわたくしが罪を犯したという証《あかし》。その時は……わたくしはいかなる罰もお受けしましょう」

「雪媛！」

碧成は驚いて立ち上がる。重臣たちは顔を見合わせ、ざわざわと騒ぎだしている。

雪媛のもとへ駆け寄ると、碧成は小声で囁いた。

「皆の前でそのようなことを！　これでもし国境が破られればどうなると……」

しかし雪媛は、碧成を顧《かえり》みず重臣たちに向き直った。

「天は必ず応《こた》えてくださいます。敵は――必ずや打ち払われます。わたくしは身命を賭《と》して、祈りを捧げましょう」

「もし五日経《た》っても何も起きなければ、その大言壮語……陛下を謀《たばか》った罪は免《まぬか》れませんぞ、貴妃様」

高易が言うと、雪媛は微笑んだ。

「陛下に疑われ続けるのは、わたくしにとって死んだも同じこと。生き永らえても意味がありません」

「雪媛！」

蒼《あお》い顔をしている碧成に、独護堅が声を上げた。

「陛下。貴妃様が天に祈り敵を退けることができるなら、それは喜ばしいこと。危機に陥《おちい》っている国境の兵たちを救うことになります」

同調する声が上がり始めた。雪媛が失脚することを願っている者たちだ。そんなことができるわけがないと、雪媛が罪に問われることを望んでいるのだろう。

一方、雪媛を支持する者たちは躊躇《ためら》うような表情を浮かべて口を噤《つぐ》んでいた。

「その通りでございます、独大人」

雪媛は護堅に向けて艶《あで》やかに笑ってみせた。

「では失礼します、陛下。急ぎ祭壇を設《しつら》えてございますので」

礼を取ると、雪媛はその場を後にした。青嘉もそれに続く。

背後で閉まりかけた扉の向こうから、ざわめく声が溢《あふ》れていた。

「……何か、指示はありますか？」

祭壇へと向かいながら、青嘉が尋《たず》ねる。前を行く雪媛は振り返ることもなく、

「ない」

とだけ言った。

「承知いたしました」

すると雪媛はぴたりと足を止め、少し怪訝《けげん》そうな目をこちらへ向けた。

「何か？」

「……いや」

再び雪媛は歩きだした。

何故《なぜ》何も訊《き》かないのか、という表情だった。

後宮《こうきゅう》の庭に設《もう》けられた祭壇の周囲には人だかりができていた。

真っ白な衣を纏った雪媛が現れると、後宮の女たちは皆遠巻きにひそひそと囁き合う。

「身の潔白を証明するとか」

「国境に攻め入った敵を追い払うと言ったそうよ」

「そんなことできるの？」

「形だけよ。あんな噂が立ったから、必死に祈る姿を見せて陛下に許しを乞おうとしてるんだわ」

雪媛は祭壇の前に膝をつき、手を合わせる。

そして静かに、しかし高らかに、声を上げた。

「――天よ、どうか敵を退け、瑞燕国をお救いください。わたくしのすべてを賭して、お願い申し上げます」


三日が過ぎても、雪媛は祭壇の前から動こうとしなかった。睡眠は夜にほんの僅《わず》か取るだけで、日がな一日、両手を合わせている。

「大丈夫だとおっしゃるけど、これでは体を壊すわ」

芳明《ほうめい》が心配そうに、祭壇の前に座る雪媛を見つめながら言った。雪媛は本当に、水しか口にしなかった。

「雪媛様のやることを疑うつもりはないけれど――どうやって敵を追い払うつもりなの？隠れて援軍でも向かわせているの？」

「いや……何もしていない」

青嘉が答える。江良《こうりょう》もまた、首を傾《かし》げている。

「誰にも何の指示もなかったようだ。だが、雪媛様のことだ、何か勝算がおありなんだろうが……」

きょろきょろと周囲を見回す。

「潼雲はどうしたんだ？」

「妹の婚儀の準備があるそうだ」

「ふぅん……この間の雪媛様の脅《おど》しが効いたかな」

「あの書状がこちらにある以上、うかつには動けないだろう」

そこへ琴洛殿の宮女がやってきて、青嘉に書状を手渡した。

「なんだ？」

「王《おう》家のお屋敷からでございます」

文《ふみ》を開くと、青嘉は眉を寄せた。

「どうした」

「……義姉上《あねうえ》が倒れたと」

「珠麗《しゅれい》が？　それはいかん。すぐに帰れ」

「しかし、ここを離れるわけには――」

「大丈夫だ。瑯《ろう》がいるだろ」

「だが――」

祭壇に跪《ひざまず》いている雪媛の背中を見つめる。

その様子に江良がため息をついた。

「婚約者が倒れたというのに、見舞いにも行かないのか」

婚約者、という言葉に青嘉が変な顔をすると、江良は呆《あき》れたように肩を竦《すく》めた。

「陛下から婚姻の許しを得たんだろ」

「あれは雪媛様が陛下の疑いを逸《そ》らすために言いだしただけだ。この策が成功すれば皆、こんな話は忘れる」

「……珠麗も忘れると？」

「義姉上には何も言っていない。忘れるもなにもないだろう」

江良は顔を手で覆《おお》った。

「うわぁ、かわいそうな珠麗。周囲からは何と言われていることか」

「何だと？」

「陛下から婚姻の許しを得たと、俺でも知っているんだぞ。それなのに肝心のお前からきちんと求婚もされないで放っておかれているんだ。さぞや肩身が狭いだろうな。それは寝込むだろう」

「おい、俺のせいで倒れたと言うのか？」

「いいから、さっさと行って介抱《かいほう》してこい」

追い立てられるようにその場を後にした青嘉は、そっと息を吐いた。

「──青嘉」

門の近くで尚宇《しょうう》が声をかけてきたので、青嘉は立ち止まった。

「雪媛様が──祭壇で祈りを捧げているというのは本当か」

「ああ」

「身の潔白を証明すると聞いたが」

「……そのようだ」

何も聞かされていないらしい。そのことに焦りを感じているような表情を浮かべている。

あの日、雪媛に意見して以来、尚宇は姿を見せていなかった。雪媛からも連絡を取ろうとはしない。

「どうなさるつもりなのだ。証として敵軍を退却させると言ったそうだが、敵と内通をはかれとは言われていないぞ」

「何も――指示は出ていない。本当にただ、祈っている」

「……お前、何か聞いているんじゃないのか」

「いいや」

「それにしては、随分《ずいぶん》と落ち着いている――お前もそうじゃないのか」

「信じているからな。――お前もそうじゃないのか」

実際のところ、青嘉は――青嘉だけは、雪媛の意図がわかっていた。これから何が起きるのか、雪媛が何を待っているのかも。

雪媛の口から聞いたわけではない。未来を見た自分だからこそ、察することができた。

（これから起きることを――雪媛様は利用しようとしている）

尚宇はむっとした顔で青嘉を睨《にら》む。

「雪媛様のことなら、なんでもわかっている、という顔だな」

「そんなことはない。いつだって振り回されている」

「お前なんかより――俺のほうがあの方を理解している」

「…………急ぐので、失礼する」

「待て！」

腕を摑まれ、青嘉は止まった。

「雪媛様に、これ以上余計なことを吹き込むな」

「何だと？」

「あの方にとって、尹《いん》族は――我らは、何よりも大切なものだった。いつだって、我らのことを第一に考えていた。それなのに、あんな……あんな仕打ちをなさるなんて」

ぎり、と摑んだ手に力がこもる。

「お前、何を企《たくら》んでいる」

「……そんなつもりはないが」

「自分に有利になるよう、雪媛様を誑《たぶら》かすつもりだろう」

「俺はただ、雪媛様の思う未来のために、働いているだけだ」

「気に入られていると思って、いい気になるなよ。お前はどうせ同胞ではないからわからない。我らの苦しみも、悔しさも――」

腕を振り払い、青嘉は門を出た。

（お前にはわからない、と……以前、雪媛様にも言われたな）

屋敷に戻ると、珠麗の部屋へと向かった。

「どんな様子なんだ？」

「熱が高いのです。気づかず申し訳ありません」

使用人が恐縮したように言った。

寝台に横になる珠麗の傍《かたわ》らには脈をとる医者と、心配そうな志宝《しほう》がいた。

「もともとお身体が丈夫でないところ、無理をされたのだと思います。薬を飲ませましたので、しばらくはお眠りになられます。起きたら、こちらの薬をお出しください」

医者がそう言って薬を処方する。

「無理をした？　何かあったのか」

女中頭《がしら》がいたたまれないように言った。

「毎晩、旦那《だんな》様の冬用の衣をあつらえていたようでございます。最近は夜も冷えますので、お休みくださるようにと申し上げたのですが……」

見れば、縫いかけの衣が卓に広げてあった。

その様子に、青嘉は昔見た光景を思い浮かべた。兄が戦場へ行く直前も、珠麗はこうして夫のために衣を仕立てていた。

「旦那様、あの……」

「なんだ」

「珠麗様と……婚姻なさるのでございますか？」

「…………」

「珠麗様にお尋ねしても、旦那様から何のお言葉もいただいていないと……ですが、わたくしどもは皆、お二人が夫婦になられればどんなによいかと思っておりました。……あの、兄上様に気兼ねする必要は、ないかと」

出過ぎたことを申しました、と女中頭が頭を下げる。

志宝を部屋に戻した頃、雨の音がして青嘉は外を見た。

（雨……）

雪媛の姿を思い浮かべた。祭壇は野外に設けられ、その前に座る雪媛の上に屋根などない。

「……青嘉殿？」

目を覚ました珠麗がこちらを見上げている。青嘉はほっとした。

「義姉上、気分はいかがですか」

「もう、夜ですか」

「志宝は？」

起き上がろうとする珠麗を支えてやる。

「寝かせました。さっきまで、ずっと傍《そば》についていましたが」

「そうですか……」

使用人を呼び、薬を飲ませると、珠麗はまた横になった。

「お早いお帰りだったのですね。出迎えもできず、申し訳ありません」

「義姉上が倒れたと聞いたので」

珠麗が驚いたように青嘉を見上げた。

「体調が悪かったと気づかず、すみません。家のことを、すっかり義姉上に頼ってしまって……」

「そんなことは……」

「……夜に針仕事をされていたとか。無理はなさらないでください」

「……すみません」

熱で紅潮した頬が、いつもより珠麗に生気を与えている気がした。

「まだ熱があるようです。もう少しお眠りください」

雨の音が強くなった気がした。

青嘉が外の様子を気にすると、珠麗が怪訝そうに言った。

「どうかしましたか？」

「……いえ、雨が強いので」

不思議そうな顔をする珠麗に、青嘉は言葉を濁した。

「青嘉殿……あの――」

「すみません義姉上、私は皇宮へ戻ります」

「え？」

青嘉が立ち上がると、珠麗は上体を起こした。

「こんな時間に……ですか？」

「しばらく屋敷へ戻れないかもしれません。何かあれば連絡するよう、家令《かれい》には伝えておきます」

「青嘉殿」

「もうお休みください、義姉上」

「――待って」

ぱっと手を取られたので、驚いた青嘉は動きを止めた。

「義姉上？」

「ここに……いてくださいませんか」

こんなことを言う珠麗は初めてだった。

「……心細いのでしたら、誰か呼びましょう」

「貴妃様のところへ行くのですか？」

低く、珠麗が言った。

「貴妃様には……多くの者が侍《はべ》っているではないですか。何より、陛下がいらっしゃいます」

「――義姉上」

青嘉の手を、細く冷たい手が必死に摑んでいた。

熱のせいで潤《うる》んだ瞳が物言いたげに青嘉を見つめる。

だが青嘉は、何も言わずその手を放した。

寝台から離れ、扉に手をかけた途端、背後からどんと何かがぶつかった。

珠麗が抱きついているのだ、と気づき目を見開く。身動きできず立ち尽くした。

細い腕がいつになく強い力で青嘉を摑んでいた。

「お願い……」

か細い声だった。

「行かないでください」

「……義姉上、寝ていなくては」

「傍に、いて……」

ふっとその手の力が抜ける。

どさりと音がして振り返ると、珠麗はその場に倒れ込んでいた。

「義姉上！」

慌《あわ》てて抱きかかえる。意識を失っているのか、呼びかけても反応がない。

「義姉上！　――誰か、医者を！」


明け方にようやく雨が上がった。

潼雲は、晴れ渡った空の下で開かれた婚礼の宴《うたげ》の中、幸せそうに微笑む新郎新婦に目を向けた。妹を託した男は、独家に出入りする商人の跡取り息子だ。

いい縁談だ、と思っていた。

――潼雲が裏切るような真似をすれば、取引をやめてやればいい。

芙蓉の言葉が脳裏をよぎる。

義弟《おとうと》は、優しそうな男だった。凜惇《りんとん》を見初《みそ》めたのは彼のほうで、最初はすげなく袖《そで》にしていた凜惇もやがては彼を受け入れた。

客からかけられる祝いの言葉に恥ずかしそうに微笑んでいる二人を遠目に眺め、溢れる祝い客の間を掻き分け、門を出る。兄さん、と呼ばれたような気がしたが、振り返らなかった。

向かったのは皇宮だった。

五日前から雪媛は、国難救護の祈禱《きとう》と称して祭壇を築いて祈りを捧げている。都でもその話は噂になっていた。

（今なら――琴洛殿は手薄だ）

青嘉や瑯は雪媛の傍にいる。主《あるじ》のいない琴洛殿には、数人の宮女がいるのみだ。

（まだあの書状が公《おおやけ》にはなっていないのは、機を窺《うかが》っているのだろう。この祈禱が成功してから柳貴妃が陛下に知らせれば、一層無視できないものになるだろうからな……）

祈りで敵軍を退けることなど、できるはずがなかった。

（敵軍と内通し、折を見て兵を引かせることで合意しているに違いない。金で解決したのか、それともこちらの情報を売ったのか……）

留守をあずかる宮女たちの目を盗んで、雪媛の書斎に入り込む。

文箱《ふばこ》を漁《あさ》り、戸棚を開け放つ。書物の間に挟まっていないか開いて確認する。

しかし、いくら探しても例の書状は見当たらない。

今度は書斎を出て、寝所《しんじょ》へと向かう。寝台を目にした瞬間、あの日の光景が思い出されて潼雲は頭を振った。

化粧台に置かれた箱をひとつひとつ開けてみる。いずれも見事な細工の装飾品や、最高級の化粧品で溢れていた。二重底になってはいないかと探ってみるものの、それらしいものはない。

寝台に近づき、枕の下、寝具の下に手を入れる。しゃがみ込んで、寝台の下を覗《のぞ》き込む。

（――あった）

書状らしきものが寝台の裏面に貼りつけてある。手を伸ばして引き剝《は》がした。

気持ちが急《せ》いて少し指が震える。中身を確認すると、確かにあの時芙蓉から受け取ったものだ。

そっと息をつく。

懐に入れると、急いで部屋を出た。すでに空は薄暗くなり始め、太陽は西の彼方《かなた》へと沈みかけている。

その時、至るところからどよめきが湧き上がった。

「えっ……」

「ねぇ、見て」

「嘘――」

宮女たちが空を見上げている。

身を潜めていた潼雲は、つられて視線を上げた。
目を見開く。
藍《あい》色の空を駆けるように、光の玉が長い尾を引いている。
妖《あや》しく輝くそれはまるで、天から落ちてくるようだった。
（なんだ――あれは）
呆然《ぼうせん》と空を見上げる。
その瞬間、世界が回転した。
輝く光の玉が、視界から消える。
頭を地面に押しつけられ、潼雲は呻《うめ》いた。
耳元で、烏《からす》が鳴いている。

七章

空に輝く光の玉が現れたのは、雪媛《せつえん》が天に祈りを捧《ささ》げてちょうど五日目のことだった。

皇宮《こうぐう》でも都でも、誰もが空を見上げて言葉をなくした。

「――彗星《すいせい》」

「不吉なことが起きるぞ」

「いや違う、柳貴妃《りゅうきひ》様の祈りに天が応《こた》えたんだ」

「そうだ、今日が五日目だもの」

「天が、敵を追い払ってくれるんだ」

自分を取り囲む宮女や侍従《じじゅう》たちの声を聞きながら、雪媛は朦朧《もうろう》とする意識の中、祭壇の前で天を仰《あお》いでいた。

煌《きら》めく長い尾が優美に弧を描いている。羽衣《はごろも》を纏《まと》った天女が、美しく長い髪をなびかせ駆けている夢幻のような光景が思い浮かんだ。闇の中で七色に輝く虹のような彗星は、鳥肌が立つほど荘厳《そうごん》だ。

大きく目を見開いた。

彗星に向けてそっと右手を伸ばす。指の間から透き通るような光が筋を引く。瞬《また》く光をその手に収めるように、ぎゅっと握りしめる。

雪媛はおもむろに、両手を高く掲《かか》げた。

この天の蠢《うごめ》きを、自分が呼び寄せたとでもいうように。

（この年、彗星が天空に現れた。ひと月の間輝き続けたという……記録通りだ）

思わず、笑みがこぼれた。燐光のような輝きを浴びながら、大きく息を吸い込む。

（彗星が不吉の前兆？　一体どこの愚か者が言ったのだ）

これほど美しいものが、他にあるだろうか。

（記録通りなら、この後起きることも、その通りに運ぶはず……）

もう大丈夫だ、と思うと気が緩《ゆる》んだ。雨に打たれたせいだろうか。ひどく体が重く、だるい。ふと、意識が遠のく。

力が入らず、その場にぐらりと倒れ込んだ。

「雪媛様！　――誰か、早く琴洛殿《きんらくでん》へ運んで！」

芳明《ほうめい》が駆け寄ってくるのがわかった。そっと耳元に囁《ささや》く声がする。

「潼雲《どううん》が書状を取り返しに来たようです。鄭《ろう》が捕らえました」

「……わかった」

　ぼんやりとした意識の中で、気配を探る。

「……青嘉《せいか》は、どうした」

「家に帰っております。ご家族が病気とかで」

「……そうか」

　家族とは、珠麗《しゆれい》か志宝《しほう》のことだろう。

（私より家族が大事か……そうだろうな。特に珠麗は……）

　青嘉が長年想い続けた相手だ。

　潼雲と共寝をしたと見せかけようと細工をした時、青嘉が頑《かたく》なに雪媛の提案を拒《こば》んだのを思い出す。珠麗に操立《みさおだ》てしたのだろう。珠麗に求婚したばかりで、主《あるじ》とはいえ他の女の肌に触れるなど、青嘉にしてみれば節義に反したはずだ。

　そんな様子が腹立たしかった。玉瑛《ぎよくえい》の胸を貫《つらぬ》いた剣の冷たさとは対照的に、青嘉の唇が触れた部分はひどく熱を持って、雪媛は声を上げないよう必死に耐えた。

　あんなふうに理由をつけなければ、触れることも叶《かな》わない。

　琴洛殿へ運ばれると、碧成《へきせい》が慌《あわ》ただしく駆けつけてきた。

「雪媛、大丈夫か⁉」

「陛下……」

雪媛が起き上がると、碧成は少し気後《きおく》れしたような表情を浮かべた。

「雪媛、あの空は……あれは……」

「天がわたくしに、応えてくださいました。今頃、敵は兵を引いているはずです」

「それは……」

「国境からここまでは遠うございますから、状況が伝わるまでは数日かかりましょう。ですが天の思《おぼ》し召《め》しです、間違いございません。今日、高葉《こうよう》軍は全軍を撤退させます」

碧成は気圧《けお》されたように、ごくりと唾《つば》を飲む。

「そ、そうか——」

「陛下《へいか》、恐れ入ります、貴妃様は大変衰弱していらっしゃいます。薬を飲み、安静になさいませんと」

芳明が言うと、碧成は頷《うなず》いた。

「そ、そうだな。しっかり養生させよ」

碧成を見送った途端、雪媛は重い瞼《まぶた》を閉じた。

体が寝台へずぶずぶと沈み込んでいくような気がする。

「……もう、休む……明日……潼雲を……連れて、こい……」
傍《かたわ》らの芳明にそれだけ呟《つぶや》いて、深い暗闇に落ちていった。
闇が広がっている。
どこかから、ざわめきが聞こえた。
夜の闇の中で、竹林が風に揺れて音を立てているのだ。
（またあの時の夢だ）
それが夢だとわかっていた。それなのに、怖くて堪《たま》らない。
追われている。ただ、逃げ惑《まど》っている。
頬傷のある男が追いかけてくる。
――こちらへ来なさい。
男が優しく手を差し伸べた。
――案ずることはない。
（嘘だ）
そんなことを言って殺す気なのだ。
しかしその皺《しわ》のある手は、みるみるうちに張りのある若々しい手に変わっていく。
よく見ると、目の前にいたのはいつもの青嘉だった。

少し怒ったように、こちらへ手を伸ばす。
「私の傍にいてください。守れないじゃないですか」
ああ、とほっとする。
（もう――大丈夫だ）
自分からも手を伸ばした。
しかしその手が届く前に、冷たい感覚が胸を貫く。
熱い血が溢《あふ》れ、たらたらと流れ落ちていくのがわかった。
（……ああ……）
頬傷を見上げる。
（やはりお前に殺されるのか……）
青嘉が背を向けて去っていってしまう。手を伸ばし続けるが届かない。
その傍らに、女の姿があった。
女は青嘉に身を寄せ、その腕に両手を絡《から》ませる。
簪《かんざし》がちらりと光った。
（嫌だ）
雪媛は叫んだ。

（嫌だ、嫌だ！　そんなのは許さない！）

はっと目が覚める。

部屋は暗かった。

誰もいない。

動悸《どうき》が収まらなかった。体を丸め、荒い息を吐く。体中、汗でびっしょりと濡れて気持ちが悪かった。

胸元をまさぐった。傷はない。生きているのだ、と確認する。

「──芳明」

掠《かす》れた声で呼ぶと、すぐに芳明が入ってくる。

「雪媛様、ご気分はいかがです？」

「……青嘉は、まだ戻ってこないのか」

「あ……はい。まだ……」

雪媛は目を瞑《つぶ》った。

「誰か、呼びにやりましょうか」

芳明が心配そうに尋《たず》ねる。

「いや……いい」

深く息をつき、寝具に包《くる》まる。

「もう少し眠る。――朝になったら、潼雲を連れてこい」

はい、と芳明が下がる気配を感じる。

心臓はまだ、どくどくと音を立てていた。

ぎゅっと寝間着の胸元を握りしめる。

眠ればまたあの夢を見るのだろうか。だったら、眠りたくなどなかった。


潼雲の懐《ふところ》から奪った書状に目を通した尚宇《しょうう》は、声を上げた。

「これは――動かぬ証拠です！　独芙蓉《どくふよう》が父親と手を組み、諸王と通じ謀反《むほん》を企《たくら》んでいたと陛下に奏上《そうじょう》申し上げれば、独家とその周辺勢力を完全に失脚させることができます！諸王へも疑惑が向けられることになり、まとめて都から遠ざけることができましょう！」

瞳を輝かせる尚宇に、まだ本調子ではなさそうな雪媛がけだるげな目を向けた。

雪媛の前に引っ立てられた潼雲は、膝《ひざ》をついて俯《うつむ》く。

両脇に立つ瑯と青嘉が、いつでも剣を抜けるように柄《つか》に手をかけているのが視界の端に見えていた。自分が少し震えているのを感じる。

死を恐れているわけではない。

空に浮かんだ彗星が、目に焼きついている。

（偶然だ——ただの偶然。そんなことが、できるはずがない。天を動かすなど——）

「……取り返しに来るとはね」

雪媛が呟《つぶや》いた。

「芙蓉は、お前がそこまでして仕《つか》える価値のある主人か？」

「——一度仕えた主に背《そむ》くは、道理に反する」

潼雲の言葉に、雪媛は皮肉っぽく笑った。

「主？　……母を殺した女がか？」

潼雲ははっとした。

「意外か？　芙蓉のもとに間者《かんじゃ》の一人くらい放ってある」

「…………」

「その事実を知りながら、これを取り返そうとするとは。それほど芙蓉に恋《こ》い焦《こ》がれていたのか？　……母上が浮かばれないな」

「黙れ！」

身を乗り出した潼雲の喉元《のどもと》に、瑯が剣を突きつけた。

「動くな」

「どんな人間であれ、俺が自分で望んで仕えたのだ！　親の仇《かたき》と気づかずこの道を選んだのは俺自身。誰に強制されたわけでもない！　自分の選択を悔やみはするが、これまでのこと、断じて否定はしない！」

殺せ、と潼雲は叫んだ。

「その書状を託されたのは俺だ。それを奪われたのは俺の過失。自《みずか》らの過《あやま》ちは自らで正さねばならぬと思いここまでやってきた。それも叶わぬとなれば、死をもって償《つぐな》うしかない！」

「雪媛様、この者は大事な証人です。その書状とともに、陛下の前で証言させねば」

江良《こうりょう》が言った。

しかし雪媛はこれには答えず、じっと潼雲を見下ろした。

黒々とした目は深い闇の色を湛《たた》えている。

「……尚宇、書状をこれへ」

雪媛が手を差し出したので、尚宇が書状を手渡した。

傍《かたわ》らには燭台《しょくだい》がひとつ据えてあり、炎がちらちらと揺れていた。

すると雪媛はおもむろに、その炎に書状をくべた。尚宇が驚いて叫び声を上げる。

「雪媛様、何を……！」

書状は一気にめらめらと燃え上がっていく。炎に赤く照らされた雪媛の顔には、何の感情も浮かんでいない。

燃え尽きようとする書状を、はらりと手放した。灰になった紙の燃えがらが雪のように散っていく。

潼雲は目を瞠《みは》った。

「何故《なぜ》――」

尚宇は呆然《ぼうせん》としているし、江良は眉を寄せている。

「お前は、わたくしの愛人になりそこねた」

雪媛は無感動な様子で言った。

「……え？」

「あの日、お前はわたくしに何もしていない。催淫《さいいん》効果のある香を嗅《か》がせて、眠らせただけだ。お前はずっといびきをかいて眠っていた。……ちなみに、服を脱がせたのは青嘉だぞ。楽しそうだった」

「楽しくありません」

しかめ面《つら》で青嘉が突っ込んだ。

「……何故、今さらそんなことを言う。どういうつもりだ」

「見ての通り書状は消えた。わたくしに脅《おど》される事実もない。お前の不安の種はなくなったはずだ。あとは好きにするがいい。──瑯」

「はい」

「縄を解いてやれ」

「せっかく捕まえたがやき？」

「よい。解け」

言われた通りに縄が解かれ、潼雲は困惑《こんわく》した。

「芙蓉のもとへ帰りたければ帰れ。皇宮を出て、どこか遠くへ行ってもよい」

「……俺を逃がすのか？　何を企んでいる」

「──貴妃様！」

芳明が駆け込んでくる。

「国境から知らせが参りました。敵軍が撤退を始めたと、先ほど陛下に報告が！」

潼雲は雪媛を睨《にら》みつけた。

「……一体どんな手を使った？　敵と通じているのか？」

雪媛はにやりと笑った。

「何もしていない。天に祈ったのだ。その祈りが通じたらしいな」

「──そんなこと、あるはずがない！　敵は圧倒的に優勢だったはずだ、撤退する理由などない！」

「その証拠に、天の印が空に現れた」

「偶然だ！　彗星の出現は過去にも例がある！」

強い光が雪媛の目に宿って、燃え上がる。途端に、潼雲は惹《ひ》き込まれるように目を逸《そ》らせなくなった。

「偶然だとしても、わたくしが祈りを捧げてその偶然が現れたなら……それはもう必然だ」

雪媛がゆっくりと立ち上がる。

「──そう思わないか？」

潼雲の前に屈《かが》み込み、その顎《あご》を人差し指でくいと上げた。にっと不敵な笑みを浮かべる。ぎらぎらとした目をしながら。

「これは──天意だ」

ぞくりと肌が粟立《あわだ》った。

「何故あの書状を焼いたと思う？　何故お前を逃がすのか？　……あんなものがなくても、

そしてお前が何をしようとわたくしの道を阻《はば》むことなど——誰にもできないからだよ」

潼雲は雪媛の手を振り払い、後退《あとじさ》りして身を翻《ひるがえ》す。

女の見えない触手に、全身が搦《から》め捕《と》られそうな気がした。

震える足を叱咤《しった》して、潼雲は琴洛殿から逃げ出した。


「高葉の皇帝が……死んだ？」

碧成は呆然と呟いた。

跪《ひざまず》いた武将が、険しい顔で報告する。

「間違いございません。高葉帝は軍を率いて我が国境付近に陣を構えておりましたが、突然苦しみだし、そのまま息を引き取ったとのことでございます。間者の伝えるところでは、高葉の都ではすでに皇子二人が皇位をめぐり対立し、それぞれ兵を率いて戦《いくさ》を始めているとか」

朝議《ちょうぎ》の間はざわめきで満たされた。

「では……国境の高葉軍が突然退却したのは……」

「やつらは我が国へ攻め入っている場合ではなくなったのです。これから、彼《か》の国は混乱を極めることでしょう」

　碧成は息を吐き、力なく玉座《ぎょくざ》に背を預けた。

　天意だ、と誰かが呟いた。

「貴妃様の祈りが通じたのだ」

「天が瑞燕国《ずいえんこく》をお救いくださった」

「馬鹿な、偶然だ」

「何を言う！　このような偶然があるものか」

「すべて貴妃様のお言葉通りになったのだ。祈りを捧げ五日後に天の答えを聞くと」

「そうだそうだ、このような偶然があるはずがない。何より、あの彗星がその証拠」

　雪媛を支持する者たちが声高に主張し、古参の重臣たちは苦い顔でこれを否定した。

「……高易《こうえき》、お前はどう思う」

　碧成が尋ねると、皆彼に視線を向けた。

　高易に動揺は見られなかった。だが、いつもより少し、表情は固い。

「――彗星は古来、王の死や国の滅亡を表す凶兆と言われております。これが高葉帝の死を示すものだった、というのであれば、高葉国には凶兆としても我が瑞燕国にとってはまさしく吉兆。混乱する高葉に攻め入れば、落とすのは容易《たやす》いでしょう」

「そうだ、まさしく、あの彗星は吉兆である！　柳貴妃が天に祈り、それに天が応えたのだ！　皆がその証人である！」

碧成は立ち上がった。足が少し震えているのを感じていたが、気づかないふりをした。

雪媛が特異な存在であるとわかっていたつもりでも、今回は桁《けた》が違う思いだった。敵軍を退却させただけではない。遠く離れた地にいた敵国の皇帝を、指ひとつ動かさず、この世から消したのだった。

感じたのは畏《おそ》れだった。

「我が妃《きさき》は、真に天からこの瑞燕国に遣《つか》わされた神女である！　此度《こたび》、皆もそれを知ったはずだ！　――柳貴妃こそ、この国の皇后《こうごう》となるに誰より相応《ふさわ》しい女子《おなご》である！　余は、吉日を選び柳雪媛を皇后とする！　異論のある者はおるか！」

雪媛を支持した者たちは一斉にひれ伏し、

「陛下は英明なり」

と声を上げた。

高易は立ったまま、何も言わなかった。その様子を見た反雪媛派の者たちは、表立って異を唱えることはせず黙り込んでいる。

その様子に、碧成は心地よさを感じた。

高易を黙らせることなど、皇帝となって以来、できたためしがなかったのだ。

朝議を終えると、琴洛殿へと足を向けた。すると雪媛は北の庭園へ散歩に出ているという。

（もう出歩けるようになったのか）

回復したことにほっとして、自身も庭園へと向かう。

木々の合間《あいま》から、鞦韆《ブランコ》に乗る雪媛の姿が見えた。芳明が背中を押し、行ったり来たりする雪媛の衣がひらひらとなびく様は、まるで空を舞う蝶のようだった。

楽しそうに微笑みながら、もっと押してと無邪気に頼む雪媛の様子に、碧成は見惚《みと》れた。

初めて会った時から、彼女の笑顔が好きだった。人形のような顔の女ばかりのこの皇宮で、雪媛は誰よりも人間らしいと感じたのを思い出す。

その姿を見ると、先ほどの畏れにも似た感情は夢を見ていたかのように霧散《むさん》した。雪媛はやはり、恋したあの頃と何も変わらない。誰より碧成を理解し、支えてくれる。何よりその計り知れない力は、皇帝である彼にとってこの上なく得難《えがた》いものだった。

（この神女を手に入れたのは――余だ）

「――陛下」

こちらに気づいた雪媛が、鞦韆を止めた。

「朝議は終わったのですか」

「ああ。もう、体調はよいのか」

「はい。寝てばかりで飽きてしまったので、久しぶりにこちらまで足を運んでみました。陛下、少し歩きませんか」

「そうだな」

雪媛の手を取り、碧成は周囲を見回した。

「……青嘉は、いないのだな」

雪媛が苦笑する。

「いつも伴っているわけではありませんわ」

「そうか」

「……まだ、お疑いですか」

不安そうに見つめられ、碧成は慌てて首を横に振った。

「そうではない。ただ……」

碧成は言い淀《よど》んだ。

「……青嘉は余から見ても、いい男だ。そのような者がそなたの傍にいれば、どうしても己《おのれ》と引き比べてしまう」

「陛下……」

「雪媛、今日の朝議で、そなたを皇后とすると勅命《ちょくめい》を下した。もう誰も、異論のある者はおらぬ」

雪媛は足を止めた。

「……まことで、ございますか？」

「これでようやく、そなたを堂々と皇后に迎えられる」

驚きに目を瞠《みは》った雪媛は、やがて我に返ったようにさっと膝をついた。

「――恐悦至極《きょうえつしごく》に存じます、陛下」

「よい、立て。まだ本調子ではないのだろう」

立ち上がった雪媛が、ぱっと抱きついてきたので碧成は驚いた。人前でこんなことをするのは、珍しかった。

「雪媛？」

「初めてお会いした時は、まだわたくしよりお背が小さかったのに」

くすりと耳元で笑い声がした。

「今は……こんなに広い肩で、こんなに力強い腕で、わたくしを抱きしめていらっしゃいます」

そう言って雪媛は、碧成の肩に頭を預けた。今では雪媛より頭ひとつ、背が高い。

「……本当に、ご立派になられました。ついに、臣下を押さえるほどの力をお持ちになったのですね」

碧成は雪媛をぎゅっと抱きしめた。

満たされた思いでいっぱいだった。

「……疑って、すまなかった」

「仕方がありません。疑うことは皇帝の仕事のひとつのようなもの。簡単に何でもお信じになっては、危険ですから」

「そうだな……」

苦笑する。

「あら……あれは環王《かんおう》では？」

雪媛が怪訝《けげん》そうに声を上げて、身を離した。彼女が指さす先には生け垣があり、その向こう側に確かに弟の環王の姿があった。

「ああ、余が呼んでおいたのだ。後で部屋に来るようにと」

同腹の弟は、誰よりも信頼できる。

側室の子である兄たちとは、即位の際に水面下で争いがあったこともあり今でも関係はいいとは言えなかった。しかし環王は、純粋に兄である自分を慕《した》ってくれていた。いずれは朝廷で重職に就《つ》き、碧成の世を支えてくれるはずだ。

環王はこちらに気づいていないようだった。弟の傍らでは、美しい少女が微笑んでいる。

「あの娘は？」

侍従に尋ねる。

「蘇大人《そたいじん》のご息女です」

「高易の？」

環王と少女は親密そうに身を寄せ合い、何やら囁いては頬を染めて微笑み合った。

「似合いのお二人ですこと」

雪媛が微笑ましそうに二人を見た。

「そう思いませんか、陛下」

「ああ……そうだな」

高易の娘であれば、皇帝の弟の嫁としての資格は十分だ。

「いつの間にそんな相手ができたのか。子どもだと思っていたが、環王も成長したのだな」

「あら、陛下はご存じありませんでしたか。二人が仲睦《なかむつ》まじいことは評判ですよ」

「そうなのか？」

「なんでも、二人はもう公認の仲で、蘇大人のお家との話し合いも進んでいると噂に聞きました」

「なんだ。それならまず余に言うべきではないか」

するど雪媛は、少し不思議そうな表情を浮かべた。

「……蘇大人は欲のないお方でございますね」

「何故だ？」

「年頃の娘がいるなら、自分の子を皇后にしたいと思うのが親の常ではございませんか。それなのに、陛下には他国の公主を皇后に推薦なさったのでしょう？」

「……そうだな」

「普通でしたら、自分の娘はこの世で最も高い地位にある男に嫁《とつ》がせたいと思うもの。そうなれば自分の地位も、一族も安泰《あんたい》ですもの。環王はまだ若く、実績もない。あるのは、陛下を除けば唯一の嫡出であるという血筋だけですわ。……きっと蘇大人は若い二人の恋心を汲《く》んで結婚をお認めになったのでしょう。欲はありませんが、優しいお父上でいらっしゃいますね」

先ほどまで純粋に祝福の気持ちに溢れていた心に、妙な陰りが差した。

「………そう、だな」

幸せそうに微笑む弟の顔を見つめた。

何故高易は、この縁談話を碧成を通さずに進めているのだろうか。

高易が、自分ではなく弟に娘を嫁がせることには、意図があるのではないだろうか。

最近、体調の優れないこの国の皇帝には、まだ嫡子《ちゃくし》がいない。

「陛下、若い二人を邪魔してはいけませんわ。ご一緒に公主《こうしゅ》のところへまいりませんか？

わたくしも久しぶりにあの子と遊びとうございます」

「……ああ」

高葉国では、皇子二人が皇位継承をめぐって争っているという。

碧成は弟を振り返った。

しかし若い恋人たちは、互いしか目に入っていないようだった。


潼雲の母の墓は、独《どく》家の使用人の多くが埋葬《まいそう》される墓地の中にあった。

久しぶりに訪れたがよく手入れがされていて、真新しい花が供えられているのに気がつく。きっと、妹夫婦がやってきたのだろう。

そう思うと、心が揺らいだ。

墓前に膝をつく。

母に向かって深く礼を取る。そして、そっと懐から匕首《ひしゅ》を取り出した。

潼雲の剣は雪媛に捕らわれた時に奪われたままだ。家に置いていたこの匕首だけが、今彼が持つ唯一の武器だった。

自分さえいなくなれば、芙蓉も妹に手を出すことはないだろう。そんなことをする理由がなくなる。

何も知らずに、芙蓉に仕えてきた。見せかけの優しさを真心だと信じていた。母の命を身勝手な理由で奪ったとも知らず、慰《なぐさ》めと援助に心底感謝して暮らしてきた。

それでも、彼女の存在に救われてきたのは事実だった。彼女に恋《こ》い焦《こ》がれた想いも、決して幻ではない。それはまぎれもなく、潼雲の人生の一部だ。

「……母さん、すみません」

刃先を喉元《のどもと》にあてがう。

「凜惇《りんとん》はよい家に嫁ぐことができました。幸せに暮らしていけるはずです」

目を瞑《つぶ》り、ぐっと手に力を込める。

切っ先が肌に触れ、氷のような冷たさを感じた。

（情けない人生だった――情けない終わり方だ）

しかしそれ以上、刃を進めることはできなかった。

強い力で腕を摑まれ、潼雲は驚きに目を開く。

見上げると、いつの間にか傍らに青嘉が立っていた。険しい顔で潼雲の手首を捻《ひね》り匕首を叩き落とす。

「何をする」

取り落とした匕首を拾い上げ、青嘉が言った。

「お前が死ねば、妹が悲しむだろう」

「……柳貴妃は、俺に自由にしろと言った。だから自由にさせてもらう」

「お前を頼むと、妹に言われた」

潼雲はかっとなって青嘉に飛びかかった。

全体重をかけて殴《なぐ》りつける。拳はしたたかに青嘉の頰を捉《とら》えた。

倒れ込んだ青嘉を見下ろしながら、潼雲は荒い息を吐く。

「……お前にはわからないだろう」

惨《みじ》めだった。

戦場で、何もできなかった。皇宮では、何かができると思った。何者かになれるはずだった。芙蓉のために。

「どこにいても何をやっても、どうせ俺は何も成し得ない取るに足らない人間だよ。お前みたいに生まれながらに地位も財力も後ろ盾《だて》もあれば……俺だってこんなふうにはならなかった」

「………」

「俺のような平民に、できることは少ない。選べる道は多くない……そして俺は、その選択すら誤《あやま》った」

青嘉は何も言わずに顔をしかめて起き上がる。口の中が切れたのか、血が出ていた。

途端に、今度は青嘉が潼雲に殴りかかった。

「――うっ!」

潼雲は転がった。

「一騎打ちなら負けないと言っていたが」

手の甲で血を拭《ぬぐ》いながら、青嘉が言った。

「まだ、それを証明していないぞ」

よろめきながら潼雲は立ち上がる。目の前がちかちかしていた。

再び殴られたが、なんとか倒れず踏みとどまる。両手で掴みかかり、青嘉を引き倒した。

馬乗りになって殴りつけると、思い切り腹を蹴り上げられる。今度は潼雲が押し倒され、互いに殴っては転がった。

ぜえぜえと息が上がる。

互いに胸倉《むなぐら》を摑みながら睨《にら》み合う。

「……お前が、優秀な武官であり指揮官であったことを、俺は知ってる」

意味がわからず、潼雲は眉を寄せた。

「……？」

「自《みずか》らの欲のために手を汚したことがないことも、誰より国に忠誠を尽くしていたことも知っている」

「…………何を、言ってる？」

青嘉は、地面に突き飛ばすように潼雲から手を放す。

「……お前と戦場でともに馬を並べてみたいと、ずっと思っていた」

そして潼雲の母の墓の前に腰を下ろすと、深々と礼を取った。

その様子を、潼雲は立ち上がることもできずに見つめる。

青嘉は潼雲に背を向けたまま言った。

「実はさっき、嘘をついた」

「……なんだと？」

「妹に頼まれたから、お前を助けたと——」

しばらくの間があって、青嘉は潼雲を振り返った。

「俺が、お前に生きていてほしいんだ」

青嘉はそれだけ言うと立ち上がり、潼雲の脇を通り過ぎていく。潼雲はただ地面を見つめていた。

足音が遠のいていく。

しばらく立ち上がれず、そのままぼうっと母の墓の前に座り込んでいた。ぐっと手に力を込めて地面を押し、身体を起こす。

匕首は青嘉が持ち去ってしまったらしい、とようやく気がついた。

（戦場で馬を並べる……？）

青嘉の言葉の意味を、ぼんやりと考えた。

二人で組んだ打毬《だきゅう》の試合を思い出す。

よろよろと立ち上がった。

どうやって死ぬか、また考えなければならない。

ところが死に損《ぞこ》なってみると、妙に心は揺らぐようだった。意図せず命を惜しむ感覚が湧き上がり、やり残したことが脳裏をよぎる。

最後に一度、凜惇の姿を見ておきたくなった。

（これで最後だ。そうすれば、もう思い残すことはなくなる……）

そう自分に言い聞かせて、凜惇の嫁ぎ先である商家に向かった。

店は活気に溢れて賑《にぎ》わっていた。中を覗《のぞ》くと、ちょうど凜惇が忙しそうに品の数を数えては帳面に記しているのが目に入る。

うまくやっているようだった。その様子にほっとする。

何も言わずその場から離れようとした時、ふと顔を上げた凜惇がこちらに気づいた。

帳面を放り出し、勢いよく潼雲に駆け寄ってくる。そのまま、思い切り抱きつかれた。

「――兄さん！」

「兄さん！　兄さん！」

「な、なんだ、おい」

「ああ、ありがとう兄さん！　あなた、あなた来て！」

店の奥から、凜惇の夫が顔を出した。

「貴妃様に口をきいてくれたんでしょ？　うちと取引するように」

「……は？」

興奮した面持《おもも》ちで凜惇はぱたぱた腕を振り、ぴょんぴょんと跳ねた。

「昨日、あの金孟《きんもう》がうちに来たのよ！　貴妃様から紹介されて、うちの品を扱いたいって！　都一の大商人が直々《じきじき》にやってくるなんて！　さすが仙騎軍《せんきぐん》の兄を持ってると違うって、私の株もすっかり上がって、最初は厳しかったお義母《かあ》さんの態度も随分変わったのよ！」

「義兄《にい》さん、本当に感謝します」

凜惇の夫は頭を下げ、嬉しそうににこにこと笑った。

「今まで独家との取引がほとんどでしたが、これからは比較にならないほど手広くやっていけそうです。これで凜惇にも、決して不自由させません」

「…………」

「ねぇ兄さん、あの空の彗星を呼んだのって、柳貴妃様なんでしょ？　天をも動かす方に仕えるなんて！　私たちにまでこんな気配りをしてくださるってことは、兄さん相当気に入られたのね！　私やっぱり、兄さんが誇らしい」

一緒に夕食を、と引き留める二人の誘いを断って、呆然としながら潼雲は店を出た。

辺りは暗くなり始めていた。

日が暮れると、いまだ尾を引いている彗星をはっきりと見ることができる。最初こそその異様さに誰もが驚いていたが、毎日見ていれば慣れるもので、もう誰も気にしていないようだった。

　行く当てもなく夜の街をぼんやりと歩いていると、以前雪媛とともに入った茶店にさしかかった。店の前の卓を囲んだ人々が、楽しげに話しているのが聞こえてくる。

「国境に攻め込んだ敵が撤退していったんだって」

「さすがに瑞燕国の軍は強いわね」

「違う違う、あれは柳貴妃様のお力だ。敵を追い払ってくれるよう、天に祈りを捧げたんだ」

「そう、彗星はその証なんだよ」

「本当なの？」

「国境の城は陥落寸前、敵の勢いはすさまじくて、どう考えても退却するような状況じゃなかったんだ。ところが貴妃様の祈りが通じて、祈って五日目、突然退却を始めた」

「不思議ねぇ」

「退却した理由、知ってるか？」

「だから、天の配剤《はいざい》だろ」

「いやそれがな、――高葉の皇帝が、急な病で死んだらしいぞ」

撞雲ははっとして立ち止まった。

「その知らせを聞いて、軍が退却したんだ」

「つまり、天が皇帝の命を奪ったってこと？」

「そういうことさ。何しろ、その日の朝まで皇帝はぴんぴんしてたっていうじゃないか。それが突然苦しみだして、あっけなく逝《い》ったらしい」

皆、空恐ろしいという表情を浮かべて、互いに目を見合わせた。

「柳貴妃様はとんでもないお方だ――遠い地にいる敵方の皇帝の命すら、祈りひとつで奪っちまうんだから」

「ああ、まさしく天から遣わされた神女様だ」

「近々、皇后様になられるって噂だぞ」

「そうなればこの国はますます安泰だ。天に守られた国なんだから」

――これは――天意だ。

雪媛の言葉が頭の中に鳴り響いた。

空を仰ぐ。

輝く彗星が、闇に包まれた都を照らしていた。

終章

雪媛《せつえん》が毬《まり》を強く打つ。

高く跳んだそれを、前を行く青嘉《せいか》の杖《つえ》が拾い上げた。さらにそれを瑯《ろう》が繋ぎ、曇天《どんてん》の空の下で三騎は縦横無尽《じゅうおうむじん》に駆けながら球門に向かっていく。

雪媛の動きを五感で感じ取る。次は右、今度は回り込んで左、手前で自分に繋いでくるはず――一目で、息遣《いきづか》いで、ちょっとした体の動きで、すべてを読み取る。

互いに言葉がなくとも、それは手に取るようにわかった。心地よく重なり合うような、触れずとも一体となるような感覚が全身を満たしていく。

彗星が現れて以来、雪媛と青嘉が会話を交わしたのは数えるほどだ。

珠麗《しゅれい》の容態《ようだい》がようやく落ち着き雪媛のもとへ戻った時、雪媛は何も言わなかった。後になって芳明《ほうめい》から雪媛が倒れたと聞かされたが、青嘉の前ではそんな様子を一切見せなかった。

近々、立后《りっこう》の式典が執《と》り行われる。

その日から、雪媛は真にこの国の皇后《こうごう》となるのだ。

雪媛は至って落ち着いていた。皇后となることへの喜びも高揚感も、その表情や言葉に表れることはなかった。

それは通過点にしか過ぎないからだ。彼女の目指すものはもっと先にある。

雪媛の放った球が、球門に吸い込まれていく。

振り返った雪媛が、紅潮した顔に気持ちよさそうな笑みを浮かべた。一瞬、目が合う。

しかしすぐに、雪媛は視線を逸《そ》らした。

その時、競技場の柵《さく》の向こうにぽつんと佇《たたず》む人影があることに気がついた。青嘉は雪媛に声をかける。

「雪媛様――あれを」

雪媛は少し目を細めて、青嘉が示した方向を見つめた。

潼雲《どううん》だ。

「……おや」

面白そうな笑みを浮かべると、雪媛は馬を進めた。そして潼雲の前で止まると、じっと見下ろす。

　潼雲もまた、挑《いど》むような目で彼女を見上げていた。

「芙蓉《ふよう》のところにもいないようだから、逃げたのかと思ったが。こんなところで何をしている」

　すると潼雲は一言、

「――借りを、返しに来ました」

とだけ言った。

　雪媛は笑ってとぼける。

「借り？　なんのことだ」

「……それならそれで、結構です」

　潼雲は少し息を吐いた。

「今から、陛下《へいか》のもとへ行きます。私が噂《うわさ》を流したこと、宮女に偽《にせ》の証言をさせたこと、芙蓉様のこと――すべてお話しします」

「……そんなことをすれば極刑は免《まぬか》れないぞ。せっかく逃がしてやったのに、何故《なにゆえ》戻った」

「自分の人生です。選択は自分でします。それが過《あやま》ちであろうと、後悔はしません」

　迷いのない目で、真っ直ぐに雪媛を見据える。

「家族に累《るい》が及ぶことだけが心配でした。しかし、妹夫婦のことは心配しなくてもいい

——そうでしょう?」

雪媛は何も言わなかった。

青嘉に気づいた潼雲は少し気まずそうな表情を浮かべたものの、すぐにいつものようにこちらを睨《にら》みつけてきた。

「……勘違いするなよ。ここへ来たのは俺の意志だ。誰かに何か言われたからじゃない」

「そうか」

「重ねて言うが、どこぞの誰かが俺が死ぬのは嫌だとかなんとか言ったせいじゃない!」

「……そうか?」

「貴妃《きひ》様には妹の件で、手を回してもらったようだからな! 借りは必ず返せというのが、死んだ父親の遺言なんだ!」

言い募《つの》る潼雲に、青嘉は思わずふっと笑った。

「……な、なんだ」

「いや」

「なんだよ」

「なんでもない」

「今笑っただろ! 馬鹿にしてるのか⁉」

二人のやり取りを聞いていた雪媛は、愉快そうな笑い声を上げた。

そして唐突に、持っていた杖をぽんと放る。

反射的に両手でそれを受け取った潼雲は、怪訝《けげん》な表情を浮かべた。

「再戦だ。青嘉と組め」

「――え」

にっと雪媛は笑みを浮かべると、馬首をめぐらせた。

「早く馬を連れてこい」

潼雲は駆けだしていく雪媛を、困惑《こんわく》した様子で見つめている。

瑯が馬を引いてきて、手綱《たづな》を手渡した。

「今度は負けやせんよ」

挑むように言って自分の馬に乗る。そして芳明に向かって、無邪気にぶんぶんと杖を振った。柵にもたれて肘《ひじ》をついていた芳明はそれに気づくとぷいと顔を背《そむ》けたが、瑯は気にした様子もなく雪媛のもとへ駆けていく。

潼雲は手綱を持ったまま、逡巡《しゅんじゅん》していた。

「潼雲」

青嘉が声をかける。

「行くぞ」

「……しかし、俺は」

「──何をしている。早くしろ」

雪媛が声を上げた。

その時、雲間から日の光が天への階段のように差し込み、馬場を明るく染め上げた。

潼雲は眩《まぶ》しそうに、さっと目を細める。

雪媛のほっそりとした体が太陽の光に縁《ふち》どられ、幻影のように眩《まばゆ》く輝く。拡散する光の粒の中で潼雲はしばし、固まったように動かなくなった。

照らし出された潼雲の顔は、目に見えない帳《とばり》が取り払われたように淡く輝いている。

きっと──と、青嘉は潼雲の様子を眺めながら思った。

きっと今目の前にいる男は、『皇宮《こうぐう》の影の支配者』にはならないのだろう。

潼雲は、杖をぎゅっと握りしめる。

そして意を決したように、ひらりと馬に飛び乗った。


芙蓉はがらんどうな薄暗い部屋の中で、一人ぼんやりとしていた。

彼女を訪れる者はない。

潼雲からの連絡はぱたりと途絶えた。手紙を渡そうにも、以前なら買収できた兵士や宮女の誰もが受け取ろうとしない。もちろん、芙蓉宛の手紙も来なくなった。実家の母とも音信不通だ。

空に彗星《すいせい》が現れた日、すべてが変わってしまった。

何が起きたのかわからない。

世界が、芙蓉に背を向けたようだった。

何もできない。

箱の中で閉じ込められて、手も足も動かせないでいる。

「陛下《へいか》……公主《こうしゅ》……」

涙が溢《あふ》れる。

このままここで一人、誰にも気づかれないで朽《く》ち果てていくのを待つのだろうか。

（そんなこと、許さない……私だけがこんな惨《みじ》めな思いをするなんて、許さない……）

「――お食事です」

表情のない女が入ってきて、粗末な膳を置いた。

匂《にお》いに、気分が悪くなる。

「下げて。食べたくない」

そう言ったが、女は芙蓉の言葉など聞こえていないかのように無視して、何も言わずそのまま部屋を出た。

「わたくしの言うことなど聞けないっていうの⁉　使用人の分際で！」

椀を手に取り、扉に向かって投げつける。ガシャンと音を立てて器《うつわ》が割れた。すぐに部屋はしんと静まり返った。誰も、それを片付ける者はいない。

身を震わせ、芙蓉は泣いた。

（全部……全部柳《りゅう》雪媛のせいよ。あの女さえ現れなければ……！）

幸せだった頃のことばかり思い出す。碧成《へきせい》は、いつだって芙蓉を一番に扱ってくれた。芙蓉を大切にし、娘を愛してくれた。

雪媛がやってくるまでは。

胸のあたりがむかついて、もやもやした。

膳を見下ろす。今度こそ、毒が入っているかもしれなかった。

「――う」

見ていると吐き気が込み上げてきて、芙蓉は口を押さえた。

「う……ぐ」

最近食欲もない。

体は弱る一方だった。

月のものも、もう随分《ずいぶん》来ていないように思う。

そう思い至り、はっとした。

呆然《ぼうぜん》とし、その意味を考える。

日を数えてみる。ここに閉じ込められてから、およそ三月《みつき》。最後に碧成と夜をともにしたのは、いつだったたか。

指を折る。震える指が、確信をもたらした。

息を詰めた。

鼓動は速まり、頰が上気する。

わなわなと体が震えた。

「あぁ――」

思わず声が漏《も》れた。笑みを浮かべ、そっと腹に手を当てる。

霧が晴れ、世界が輝きだす。

涙が溢れてきた。歓喜が体中を駆け巡り、堪《こら》え切れず、芙蓉は笑い声を上げた。最初は密やかに、そして段々と高らかに。

搔き抱くように腹を撫《な》でる。

天に感謝の言葉を捧《ささ》げたくなった。

「――誰か！　誰か！」

大声で外に声をかける。扉を叩いて叫んだ。

「医者を連れてきなさい！　早く！　今すぐよ！」

今度こそ皇子を産まなければならなかった。

そうすれば、すべてを取り戻せる。

そして、すべてを手に入れられる。

※この作品はフィクションです。実在の人物・団体・事件などにはいっさい関係ありません。

集英社オレンジ文庫をお買い上げいただき、ありがとうございます。
ご意見・ご感想をお待ちしております。

● あて先
〒101-8050　東京都千代田区一ツ橋2-5-10
集英社オレンジ文庫編集部 気付
白洲　梓先生

集英社
オレンジ文庫

威風堂々悪女　3

2020年1月22日　第1刷発行

著　者　白洲　梓
発行者　北畠輝幸
発行所　株式会社集英社
〒101-8050東京都千代田区一ツ橋2-5-10
電話【編集部】03-3230-6352
【読者係】03-3230-6080
【販売部】03-3230-6393（書店専用）
印刷所　大日本印刷株式会社

※定価はカバーに表示してあります

ISBN 978-4-08-680298-7 C0193